甘くない嘘をきみと

◇

『僕は、きみだけをずっと見つめているよ』

目の前の女性を一心に見つめながら告げる。なのに一瞬、本当にそんなことができるの？という疑いが脳裏をよぎってしまった。その瞬間、自分に落胆する。

「カーット！」

案の定、不満そうな中断の声がかかった。

「向井沢《むかいさわ》くーん、なに今の？　右から左にスーッと抜けていっちゃったよ。そりゃ、向井沢頼《らい》ならそんな気のない言葉でも女の子はコロッといっちゃうんだろうけど、この田崎丈治《たさきじょうじ》は違うんだよ。この一言に命懸けてんの」

嫌味混じりの注意が胸に突《つ》き刺さる。

それは俳優として言われてはならないこと。役になれていないということは、仕事をしていないということであり、大勢のスタッフがお膳立《ぜんだ》てした舞台の上で、堂々と無駄話をしたようなものだ。

「すみません、監督。ちょっと……集中してきます。本当、すみません」

頼は共演者やスタッフに頭を下げて、一旦その場を離れた。

「頼、台本いる？」

マネージャーの鈴木《すずき》が寄ってきて台本を差し出す。台詞《せりふ》はもちろんすべて頭に入っているが、頼は黙ってそれを受け取った。

台本を手に人気《ひとけ》のない岩場まで行き、大きな岩の上に腰《こし》を下ろす。

海辺での撮影は天候に左右される。雨はもちろんだが、風が強すぎても日差しが強すぎても駄目。なかなか欲しいシチュエーションに見合う天候は訪れてくれない。だから、撮影初日にクライマックスシーンを撮ることになっても、それに文句を言う気はなかった。

俳優業を始めて十年と少し。新人の頃ならともかく、気持ちが乗らないから演じられない、なんてことは言えないし言いたくない。要求されたことに応《こた》えるのがプロだ。

向井沢頼主演をうたった映画はこれで三作目になる。慣れて気を抜いているなんて思われるのは心外だが、集中力に欠けていたのは事実だ。

田崎丈治という気弱で優しい、しかし芯《しん》の強い青年になりきらなくてはいけない。

監督が言った通り、頼自身は女性に命懸けの一言なんて言わなくても女性に不自由しない生活を送ってきた。きみだけを見つめている——なんて、もちろん言ったことはない。

そもそも、見つめている、なんて口説《くど》き文句ではなく、田崎も口説くつもりで言ったのではない。ただ告げたかっただけだ。この一言を。自分のためではなく、彼女のために——。

これはヒロインの心を、そして客の心をこちらに向かせる大切なシーン。

ブツブツと台詞を口にしながらその心情にリンクする。しかしいきなりクライマックスにまで気持ちを持ち上げるのは難しい。

ヒロイン役の女優はまだ新人で、彼女も気持ちができていないのは見てわかったが、人のせいにはできない。その気持ちすら引き上げるほどの演技を自分がすればいい。

目を閉じて、物語の世界に入り、気持ちを集中させる。

ほんの数分。手の甲に冷たいものを感じてハッと目を開ける。見上げれば、さっきまで快晴だった空に、暗雲が目に見える速さで広がっていく。

「冗談……」

最悪だ。自分のせいで撮影を中断させ、貴重なロケーションまで失ってしまった。

慌てて元の場所に戻れば、すでに撤収が始まっていた。

「す、すみません！」

頼はとりあえず頭を下げた。

「しょうがないよ。あまりにもいい天気だったから、ちょっと浮かれちゃったんだよね。でもいきなりあのシーンはないよねえ。できないものはしょうがないし、雨が降るのもしょうがない。きっともっといい天気が来て、もっといいシーンが撮れると信じよう」

監督は頼を元気づけるように言った。

しかしそれは頼にとっては屈辱的な台詞だった。できないものはしょうがない、なんて言われた自分が許せない。

「すみません……」

自分の思いは呑《の》み込んで、共演者やスタッフに頭を下げて回る。

相手役の女優は「私こそごめんなさい。助かったって思っちゃいました……」と小さな声で言って、茶目っ気たっぷりに笑った。それを見て、今だったら言えるかもしれないと思ったが、もう遅い。暗雲は雷鳴を呼び、とんでもないどしゃぶりになった。

「ホテルの中での撮影に移ります。シーン32です。関係の方は一時間後にロビーに集まってください！」

頼は機材を濡《ぬ》れないところに移動させているスタッフを手伝おうとしたのだが、

「頼さん、衣装を回収しますのでお部屋の方にお願いします」

衣装担当の女性に言われて、自分が今着ているのが衣装だと思い出す。走ってホテルへ戻り、自分の部屋で濡れた服を脱いだ。衣装を手渡すと、次のシーンの衣装をすぐに持ってくると言うので、そのままシャワーを浴びることにした。

このホテルには二週間滞在することになっている。予算少なめの地味な映画なので、ホテルのランクもあまり高くはない。場所も都心から車で二時間ほどのところ。海辺の景色と温泉が売りの寂れた町だ。

それでも主役にはちょっといい部屋を用意してくれたらしい。といっても、他の部屋との違いはベッドルームの他にリビングルームがあるということくらい。高級感は特になかった。

頼としては普通のシングルルームでもまったくかまわないのだが、業界内には「向井沢頼はわがままだ」という噂《うわさ》がある。最初スタッフに「この部屋でよろしいでしょうか」と恐る恐るお伺《うかが》いを立てられたのもそのせいに違いなかった。

「別にどんな部屋でもかまいませんよ」と笑顔で返すと、明らかにホッとした顔になった。

わがままだなんて根も葉もない噂だ、と言ってしまいたいが、そう言われるようになった原因に思い当たるところはある。強がっていきがっていた若い頃の負の遺産。いわゆる若気の至りというやつだ。

しかしその頃も寝泊まりする場所に文句を付けたことなどなかった。たとえテントでも野宿でも、仕事のためなら文句はない。

世間が向井沢頼という俳優に抱いている印象は、「硬派な若武者」「爽《さわ》やか好青年」。若武者はデビュー作の大河ドラマの印象で、好青年は一番のヒット作である映画の印象だ。

基本的に黒髪で短髪。キリリとした濃い眉《まゆ》と、睨《にら》みの効く黒い瞳《ひとみ》。はっきりした目鼻立ちは北欧人である祖母の血を感じさせるが、切れ長の目は古風な日本人のもの。そのバランスは絶妙で、男女国籍を問わず人目を惹きつけた。

百八十を超す長身としっかりした骨格、そこに男らしい顔がのっていれば、あまりチャラチャラした役は来ない。生真面目《きまじめ》だったり、熱血だったり、毅然《きぜん》とした役が多かった。

今回のようなおとなしい役どころはかなり珍しい。しかしただおとなしいわけではない。監督が頼をキャスティングした決め手は、黙っていても物を言う目力だった。

不幸に見舞われ、大事なものを失い、どんなに努力しても人生はなかなかうまくいかない。その心を支えているのはヒロインへの一途な想い。

奥手男の純情。頼の中にはないものだが、わからないと切り捨てるわけにはいかない。想像力こそが役者の生命線だ。

シャワーを浴びてバスローブを身体《からだ》に巻き付け、洗面台の前に立つ。大きな鏡に水も滴《したた》るいい男が映っていた。

自分の見た目が人よりいいのは知っている。ずっとそう言われていれば、嫌でも自覚する。しかしそれはそれだけのことだ。うまく活用できなければなんの意味もない。だから鏡を見ても特別な感慨を抱くことはなかった。

この顔を、声を、身体を活《い》かして、うまく他人を演じきる。それができてはじめて、自分には価値がある。できなければ意味はない。誰にも必要とされない——。

鏡の中の表情が暗くなっていく。気持ちを落ち込ませるのはわりと得意だ。

その時、背後のドアが開いて、グレーのスーツに黒縁眼鏡《くろぶちめがね》の男が現れた。浴室にノックもなく入ってくる無礼者。しかしその姿を目にした途端、鏡の中の自分の表情が少し緩んだ。

自分でも不思議な表情の変化。どんな感情がもたらした表情なのか、追究しようとするのは職業病か。

「ああ、もう出てた？　これ、次のシーンの衣装ね。着る前に髪は乾かさないと……はい、ここに座って」

鈴木涼一《りょういち》が頼のマネージャーになって五年が経つ。ずっと頼の専属で、鈴木の方が五つほど歳上《としうえ》だが、互いに遠慮なく、言いたいことを言い合う間柄だ。

鈴木はてきぱき動き、洗面台の前の椅子《いす》に頼を強引に座らせた。

髪を乾かすなんてマネージャーの仕事ではない。ノックはしないくせに、余計な世話は焼こうとする。

「いいよ、どうせメイクさんにやってもらうんだから、自分でザッと乾かすだけで……」

頼は立ち上がってドライヤーを取ろうとしたが、肩を押さえつけられてドライヤーを奪われる。細身のくせに意外と力が強い。

いつもきっちりスーツを着込んでいる、その中の肉体を見たことはないが、体格はたぶん自分の方がいいはずだ。身長は同じくらい。しかし鏡に映る二人の姿は、肉体派と知性派、派手と地味という感じで、まったく対照的に見えた。

「次のシーンも、ヒロインと久しぶりに再会する大事なところだろう。集中した方がいいんじゃない？　急な予定変更だったからうまく演じられませんでした、はもう通用しないし、しょうがない、なんて言われたくないだろ？」

鈴木はにっこり笑顔で、グサグサとトゲを突き刺してくる。すべてお見通し。先程の監督とのやり取りが頼のプライドをいたく傷つけたことを承知していて、そこを的確に容赦《ようしゃ》なく攻めてくる。

黒縁眼鏡の奥の瞳は、優しげなのに甘くない。

鈴木が差し出した台本を引ったくり、次に撮るシーンを開こうとしたら、ちゃんとそこに付箋《ふせん》がしてあった。手際のよさにムッとしてしまう。

鈴木は優秀なマネージャーだ。

その容姿は一言で言って地味。髪は七三分けのショートで、目元は涼しげ、鼻梁《びりょう》は細く通って、薄い唇《くちびる》にはいつも微笑をたたえている。顔立ちは整っているのだが、華がない。鈴木の顔で一番目を引くのは、スクエアな黒縁の眼鏡だろう。

没個性のグレーのスーツを着て、手に黒革の分厚い手帳を持つと、いかにも敏腕マネージャーという見た目になる。鈴木は元々役者なので、見た目からマネージャーという役に入ったのかもしれない。

人当たりはよく、気も利いて、出しゃばらないが意見はきちんと言う。情報の収集分析能力も高く、鈴木が勧める仕事を受ければ間違いはない。見た目だけでなく中身も完璧に演じていた。

マネージャーとしては信用しているし、頼りにもしているが、時々イラッとさせられる。周囲への人当たりのよさが、自分にだけ発動されていないような気がしてならない。といっても、当たりがきついわけではなく、いじめられているということもなく、たいがい言うことも聞いてくれるのだが、なにかこう……なにか時々、気に障《さわ》るのだ。

しかしそれは自分の性格的な問題もあるのかもしれない。

五年前まで、マネージャーというのは小間使いだと思っていた。自分の言うことを聞くのが仕事の人。だから命令口調は当たり前。ミスは自分の評価を落とすことになるからきつく叱《しか》った。

デビューして独りで必死に芸能界を生き抜いてきた。その頃は周囲のすべてが敵で、マネージャーさえも闘う対象だった。誰も信じていなかった。

そんなふうだから、デビューから五年の間にマネージャーは五人代わり、わがままだという噂も広がっていった。

鈴木がマネージャーにならなければ、そこから脱することなく駄目になっていたかもしれない。

鈴木に矯正《きょうせい》されたのだ。ゴリゴリに教育し直されたわけでなく、いつの間にか、ごく自然に軌道修正されていた。すごく感謝しているのだが、素直に感謝できないのは、「いつの間にか」だったせいだろう。

手のひらの上で転がされたかのような敗北感。五つも歳上だし、役者としても先輩だし、負けても別にいいのだが、やはり頭の中にタレントあってのマネージャー、マネージャーより自分の立場が上、という意識がこびりついている。

矯正されて、外と闘うことはやめた。外と闘っても仕事は増えるどころか減るばかり、敵を増やさず味方を増やせ。それは理に適《かな》っていて、頼の外面《そとづら》はものすごくよくなった。

外面がよくなるのと反比例するように、鈴木への当たりが強くなっていった。

「鈴木さん」と呼んでいたのが「鈴木」に変わり、敬語が次第に減って、今では「おまえ」呼ばわりだ。自分でも少し行き過ぎだと思っている。

しかし鈴木はまったく動じない。どんなにきつく当たっても、にこやかに受け止めて、しなやかに言い返してくる。

黙らされるたびにイラッとする。子供の頃から優秀だった頼は、負け慣れていない。威圧的な物言いになるのは、なんとか凹《へこ》ませたいからだが、負け犬の遠吠《とおぼ》えに過ぎなかった。

自分の方が立場が上だと必死にアピールしても「はいはい」と軽く受け流される。見た目の上下関係と実際はまったく逆だった。

それが気に入らないのだけど、他の人と代わってほしいと思ったことはない。鈴木からそう言われたこともなかった。これはこれで、それなりにうまくいっている。

台本の台詞を目で追いながら、いつの間にか鈴木のことを考えていた自分に気づき、頼は溜息《ためいき》をついた。気が散っている。

その理由はわかっている。頭を触られているからだ。

髪を乾かしてもらうなんて、それを仕事としている人以外にはしてもらったことがない。子供の頃は母親にしてもらったことがあったのかもしれないが、記憶にない。厳しい祖父に早い自立を求められ、四つ下に弟ができてからは、なんでも自分でするのが普通になった。

これまでの人生において誰かに甘やかされた記憶はなく、だから髪を乾かしてもらうだけのことに落ち着きをなくしてしまう。その手つきが優しければ、なおさらソワソワする。鈴木の細くて長い指が、黒髪をさらさらと揺らし、時に深く指を入れて、頭皮を撫《な》でた。今は役のために髪を少し長めにしているので、乾かすのに時間がかかる。

なんだか手つきをいやらしく感じるのは、きっと気のせいだろう。

ストイックがスーツを着て歩いているような男だ。これまで鈴木から性的なものを感じたことはない。そもそもプライベートの鈴木をほとんど知らない。鈴木がマネージャーになる前には飲みに行ったりしたこともあるのだが、マネージャーになってから私的な付き合いはまったくなくなった。

知っているのは、頭がよくて口が達者な、元演技派の役者で、優秀なマネージャーだということ。それ以外は知らなくても特に問題はない。

ドライヤーの温風と頭皮へのマッサージ効果か、それとも疲れが溜《た》まっていたのか、徐々に力が抜けて、瞼《まぶた》が重くなってきた。二度ほどうつらうつらし、いかんいかんと気を引き締めて台本に目を落とす。

「頼……頼？」

三度目は呼びかけられて目を覚ました。

「え、俺……寝てた？」

「疲れてるの？　終わったよ」

「あ、ああ。ありがとう」

人前で気を緩めてしまったことに動揺し、目を泳がせて立ち上がる。

うたた寝くらい誰でもする。寝首を掻《か》かれるような心当たりがあるわけでもない。ただ、だらしないところを人に見せるなと育てられたせいで、不覚を取った気分になった。

鈴木は気にもしていないだろう。

そ知らぬ顔で衣装に手をかける。そこに下着も一緒に置いてあって、またイラッとする。

下着は自前なので、これは鈴木が荷物から出してきたに違いない。

「下着くらい自分で出すし、余計なことするなよ」

気が利くと褒めるより、文句が口をついて出た。

「なに？　今さら恥ずかしがってるの？　思春期にでも入っちゃった？」

こういう言い方が癇《かん》に障るのだ。

「人の荷物に勝手に触るなって言ってんだよ。自分のことは自分でする」

「はいはい、デリカシーが足りなくてすみませんでした」

やり取りが丸っきり思春期の息子《むすこ》と母親のようだ。ますますムッとして半ば自棄《やけ》くそにバスローブを脱ぎ捨て、下着を身に着ける。

「見てないでさっさと出ていったらどうだ？」

背後から視線を感じて文句を言う。鈴木の前で着替えるのなどいつものことで、頼としては全裸を見られるより、寝顔を見られた方がばつが悪かった。しかし寝顔はこちらが勝手に見せたので文句を言うわけにもいかない。

「なんだ、やっぱり思春期……」

「うるさいっ」

ムッと言葉を遮れば、鈴木は笑いながら出ていった。まったく思春期の子供になった気分だ。もうすぐ三十に手が届こうかという歳なのに。

次の衣装はホテルの制服だった。実際のこのホテルの制服と同じもの。予算の関係だろう。頼の演じる田崎はこのホテルの従業員で、頼の実年齢より四歳ほど若い設定だった。しかし四歳くらいの開きはまったく問題ない。高校生の頃は年齢より老けて見られたが、今は年相応か若く見られることが多い。見た目が年相応でないことなど現実にもよくあることだ。問題なのは年齢ではなく、その人物に見えるかどうか。

白い軍服のようなホテルマンの制服は、しっかりした骨格の頼によく似合った。厳しい顔で立っていると青年将校のようなので、ホテルマンらしい柔らかな笑顔を心がける。

鏡に映る笑みは少し嘘《うそ》くさかった。しかし田崎も笑顔が板についている男ではない。心の奥の暗いものや苦いものを呑み込んで、必死で笑っている男だ。

田崎は幼少期から高校二年生までを海辺の村で過ごした。しかし、父親が借金を苦に自殺、その際、母ではない女性を道連れにしたことで、小さな村にはいられなくなった。

父が道連れにした女性は、田崎がずっと好きだった女性の姉だった。

田崎の恋が実るはずもなく、母と共に逃げるように都会に引っ越す。高校中退の男によい職などなく、仕事を求めて転々とし、故郷とよく似た海辺の町でホテルマンになる。

ホテルで働きはじめて三年が過ぎ、そこにかつて好きだった女性が現れる。

運命の再会。今から撮るのはそのシーンだ。

彼女は田崎の父と自分の姉の死に疑問を抱いていた。その真相を二人で解明していき、意外な結末に辿《たど》り着く——という脚本が面白かったのと、好きな監督からのオファーだったので受けた。

低予算だけにギャラも安い。相手役も無名の新人女優。大当たりするとは思えないが、頼はやる気満々だった。きっとそうは見えないだろうけど。

元々、感情を顔に出す方ではなかった。普段の頼を知っていたら、役者なんて気が触れたとしか思えない、ありえない職業だった。

頼自身、やるまでは不安しかなかったが、やってみたら案外やれてしまって、わりとすぐに売れた。しかし、顔だけ俳優と言われ、そのレッテルを剝《は》がすのには苦労した。

今は多少なりと演技ができると思われているからこそ、こういう地味な役も名指しでやってくるのだと思っている。

どんな仕事も少しでも手を抜けば、自分の評価に跳ね返る。地味な映画だから失敗してもいい、なんてことはない。こういう映画の方が次に繫《つな》がることは多い。

くだらないことで気を散らしている場合ではないのだ。

しかし田崎の人生は頼と被《かぶ》るところが少ない。

頼はここまで一途に女性に想いを寄せたことなどなかった。もちろん経験がないから演じられないということはなく、殺人犯だっていじめられっ子だって演じる。

大事なのは想像力と共感力。

鏡の前に立ち、目を閉じる。

幼い頃からずっと恋い焦がれていた女性。付き合えると思ったことなど一度もない高嶺《たかね》の花。父のせいで罪悪感まで抱くことになったが、彼女に辛《つら》い思いをさせたと思うからこそ、自分はどんなに辛い目に遭ってても耐えてこられた。想いだけで繋がってきた彼女との、思いがけぬ再会。

「こんな相手に巡り会えるっていうのはまあ、幸せなことだよな……」

ただひとりの人に心奪われ、囚《とら》われ続ける。恋という名の独りよがり。妄執に取り憑《つ》かれているとも言えるが、そもそも恋というもの、それ自体が曖昧模糊《あいまいもこ》としていて、妄執を演じるのも恋を演じるのも大差ない。

強い執着。たったひとり。千絵《ちえ》という女だけ。

洗面所を出ると、リビングルームに鈴木が立っていた。大きな窓の前で外を見ている。背筋の伸びた立ち姿に、出会った頃の鈴木を思い出した。服装はもっとくたびれた感じだったけど、舞台役者らしく立ち姿はきれいだった。

気配を感じた鈴木がこちらを振り返り、頬を見てフッと笑う。

「うん、田崎が入ってきたね。いい感じ」

見ただけでわかるなんて、それは鈴木の見る目がすごいのか、自分の表現力に自信を持っていいのか。鈴木の錯覚という可能性もあるが、演技に関する鈴木の目を頼は信じていた。マネージャーではなく演出家になった方がよかったのでは……と思うことは何度もあって、一度そう言ってみたこともあるのだが、鈴木は「いろんな人を見るのは面倒くさいから」と、あっさり却下した。

それを聞いてホッとしたことは、言っていない。

鈴木が「頼だけでも面倒くさいのに……」という余計な一言を付け加えたせいだが、それがなくてもきっと言わなかっただろう。

口から出たのは、「面倒くさいならやめればいい」という憎まれ口だけ。鈴木は笑ってなにも言わなかったが、頼は「じゃあやめる」と言われることを心密かに恐れていた。

深い人付き合いは得意ではない。友達も少ないし、女とは一番長く続いたので一年ほど。飽きっぽいというよりは、人に合わせるのが面倒で、面倒よりも独りを選択してしまう。

鈴木ほど気心の知れた相手はいなくて、新しいマネージャーとまた関係を構築していくのかと思うと、もう独りでいいやと思ってしまう。鈴木にやめられたくない理由はそれだけだ。

「なあ、一番長く続いた恋人ってどれくらい？」

なにげなく訊《き》いてみたら、鈴木の表情が微妙に硬くなった。それで自分が禁則事項に触れたことに気づく。

鈴木がマネージャーになる時、約束したのだ。鈴木のプライベートは詮索《せんさく》しないこと。ただし、頼のプライベートに関しては仕事との兼ね合いもあるので詮索も介入もする。

理不尽だとは思ったが、難しいことではないと了承した。

「詮索じゃないぞ。ちょっと参考にと思っただけで」

頼は慌てて言い訳を付け加えた。

「それがなんの参考になるの？」

「え、まあ……ずっと同じ人を想い続けるってどんなもんかなって……。言いたくないなら
いいよ」

鈴木のそれを知ったところで、確かにあまり参考にはならないだろう。

「頼は？　教えてくれるなら、教えてあげてもいいよ」

「長続きしたことがないから訊いてるんだろ」

「まあ、そうだよね。頼は執着が薄いから。長期ロケで自然消滅とか多いし。相手が盛り上
がるとウザイとか言っちゃうし」

「うるさいな。だからないって言ってるのに、いちいち思い出させるなよ」

なんだか自分がすごくひどい男に聞こえる。実際そうなのかもしれないが。

「僕も恋人とはそれほど長続きしたことはないよ。でも、今回の役は恋人じゃなくて、片想
いだろう？　振り向かないとわかってる相手を想い続ける」

「そう。不毛だよな。触ることもできない女を想い続けるなんて。それってただ酔《よ》ってるだ
けだろう。一途に想い続けてる自分に」

「そうかもしれないけど……止められない想いって、僕はあると思うよ」

いやにしんみりと鈴木が言った。

「あるのか？」

そんな経験があるのかと問いかけたのだが、鈴木は首を横に振った。

「一般論だよ。ああ、そうだ。恵《けい》くんに訊いてみたら？　どんなに足蹴《あしげ》にされても冷たくされても、一途に兄を慕い続けるあのしつこさは参考になるかも」

「恵？　あれは恋じゃなくて、ただのブラコンだろ。一途に、でもなくなったしな」

弟の恵を思い浮かべる。きれいな顔をした弟は、ずっと「兄さんが一番好き」と言って憚《はばか》らないブラコンだったが、最近恋人ができた。

「一途じゃないって……もしかして、恵くんに他に好きな人ができて、拗《す》ねてる？」

「は？　馬鹿言うな、せいせいしてる。相手がアレでなければ、手放しで喜ぶところなんだが……」

恵の恋人——であろう男の顔を思い出して、頼は苦虫を嚙《か》み潰《つぶ》したような顔になった。弟も男で、恋人も男。男同士も問題だが、個人的にその相手が気に入らない。

「相手の気持ちがどうでも、たとえ嫌われていても、自分はずっと好きでいる——って、けっこうすごいことだよね。頼は執着って感情を、お母さんのお腹《なか》の中に忘れてきちゃったんじゃない？　それを弟が拾って出てきたんだよ」

「あいつは単に頑固なだけだ。一途って言葉も、頭が固いって言い換えると、途端にありがたみがなくなる」

「飽きっぽいって言葉は、新しい物好きって言い換えると悪くない感じになるね」

鈴木は面白がって言い返してくる。このやり取りに乗っては駄目だと思うのに、つい言い返してしまう。

「俺は別に飽きっぽいんじゃない」

「わかってるよ。頼は女性よりも芝居なんだよね」

この五年間の女性遍歴をよく知られているだけに、違うとも言えなかった。事実、女性への興味は、芝居への興味の半分もない。

「でも、いつか千絵のような女が現れるかもしれない」

千絵はヒロインの名前だ。田崎が幼い頃から頑《かたく》なに想い続けている女性。

「いつか、ね……。まあでも、千絵は頼のタイプではないよね。もっとハキハキ物を言う押しの強い女が好きだろ？　でもそれが面倒になるんだ。きみが面倒だよね」

フッと鼻で笑われた。

「うっさいな。俺のことはいいんだよ。今から俺は田崎だ。ひたすら一途に千絵を想い続ける男だ。お嬢様で芯が強い、ああいう女を好きになるんだよ！」

断言すれば、鈴木はかすかに顔を歪《ゆが》めた。苦笑に少し痛みが混じったような微妙な表情。

それはいったいどういう感情によるものなのか――知りたいと思うのはやはり職業病なのだろう。

しかし鈴木に今のはどういう感情からの表情なのかと訊いても、明確な答えは返ってきそうになかった。意識して作った表情だとは思えなかったし、そもそも鈴木は秘密主義だ。自分のことはほとんど話さない。腸《はらわた》が煮えくりかえっていても微笑《ほほえ》みを浮かべ、本音は見せない。

「そろそろ行った方がいいんじゃない、田崎くん」

鈴木は腕時計を見て、頼を促した。

「そうだな。鈴木はどうするの？　見るの？」

「それはもちろん、見せてもらうよ。千絵を一途に想う、田崎という男をね」

挑戦的な瞳。どう演じるのかお手並み拝見という感じだ。

「見せてやるよ」

自信満々の顔で答える。これは頼の表情。なにかにつけて自信のない田崎のものではない。田崎の心情を完全に理解するのは無理だが、それでも完璧に演じてみせる。自信がないなんて言っても意味がない。不安は演技を中途半端にするだけだ。

表情は暗く、視線は下がり、口元は若干緩める。不幸を目いっぱい背負って、押し潰されまいと歩き出す。その歩幅さえ頼とは違う。

そこにいるのは人目を引く男前ではなく、自信なさげな田舎《いなか》の青年。

それを見て鈴木がクスッと笑う。しかしもうその裏にある感情に興味を持つことはない。

ロビーに下りて説明を聞き、髪をセットしてもらっている間も余計なことは話さなかった。

役に入っていることを見抜けないような人間はこの現場にはいない。

スタートの声がかかる。

『田崎くん』

名前を呼ばれて振り返れば、記憶より大人になってきれいになった彼女がいた。

『千絵、さん？』

信じられない。彼女が自分の名を呼び、自分のことをその目に映している。

これはきっと夢だ。そう思うことで田崎は自分を保ち、凝視してしまった視線を落とした。

久しぶり、というありきたりな挨拶《あいさつ》を交し、距離感を計りかねてぎこちなくなる。直視できずにチラチラと千絵の顔を見て、微笑みかけられれば想いが込み上げて泣きそうになる。

それを堪《こら》えて、ホテルマンとしての対応をすれば、千絵が寂しそうな顔をするからどうしていいのかわからなくなった。

『ご、ご用の際は遠慮なくお申し付けくださいい』

硬い笑顔で言って頭を下げ、逃げるようにその場を後にする。

「カーット！　いいよ、よかったよ、それだよそれ！」

監督の言葉にホッとして、田崎の中から頼の顔が覗《のぞ》く。

視線を泳がせて、見つけたのは鈴木の姿。どうだ？　と、挑発的な眼差《まなざ》しを送る。

鈴木は苦笑した。この顔は知ってる。裏読みするまでもない。まあまあかな、という顔だ。

マネージャーのくせにタレントをなかなか褒めない。及第点はつけても、手放しで褒めてくれたことはあまりない。

頼は顎《あご》を上げ、不遜な顔をしてみせた。俺は天才だから、という顔。

本当は自分に自信なんてない。誰かに認めてほしくて、褒められたくてここにいる。いつだって不安だけど、そういう顔をすることはできなくて、正反対の強気な表情を浮かべてしまう。自分でも自分が面倒くさい。

「あ、あの……ありがとうございます！」

いきなり千絵役の女優に頭を下げられた。

「え、なにが？」

「いえ、あの、その……やっぱりすごいなって、嬉しくて、すみませんっ」

顔を真っ赤にして走り去られて呆然《ぼうぜん》とする。なにがありがとうで、なにがすみませんだったのか、さっぱりわからない。でもその表情は千絵の時とはまったく違っていたから、彼女の素の表情なのだろう。その落差の大きさに、彼女の女優としての優秀さを見る。

それから客室でのシーンを撮って一日が終わった。出だしで躓《つまず》いたが、その後は順調だった。ただ雨はやみそうな気配もなかった。

「よく降るねえ、雨」

鈴木は腕組みをして窓の外を見つめている。

青い海に浮かぶ大小の島々。広い空。水平線に沈む夕陽《ゆうひ》。ホテルの売りである風光明媚《ふうこうめいび》な景色は、一週間経っても雨の向こうに隠れたまま。頼の失態により逃したロケーションは未だ取り戻せていない。

「嫌味か」

頼は窓を背に、肘《ひじ》掛け付きのイージーチェアに腰かけて、台本に目を落としていた。

秋の長雨。自然ばかりはどうしようもない。

ホテル内で撮るべきシーンはあらかた撮り終えた。今日は一日オフになっているが、晴れたらすぐに撮りたいと言われていて、完全に気を抜いてしまうこともできなかった。

頼は基本的に、ロケ先に暇潰し用の本やゲームなどは持ってこない。適度に気分転換をした方が集中できるという人もいるが、頼は違う物語に入ったら切り替えに時間がかかった。

しかしそういうタイプには見えないらしい。昔からなんでも器用にこなす万能の優等生タイプに見られた。

顔よし、身体よし、生まれもよし。そして運動神経も頭もよかった。神に愛された人間。妬《ねた》みと僻《ひが》み、羨望《せんぼう》と憧《あこが》れ、そんな感情を一身に受けてきた。

顔や体格は確かに恵まれている。でも運動神経や頭のできはそこそこだった。自分にあるのは努力する才能だ。いや努力するしかなかった。

向井沢家の長男たるもの、なんでも人並み以上にできて当たり前。生まれた時からそう言われて育った。

向井沢家はその昔、藩主《はんしゅ》だったこともある家柄で、世が世ならお殿様《とのさま》だったというのが祖父の自慢だった。しかしその栄光もすでに遠い過去の話。周囲には新興住宅が増え、昔からの住人が減るにしたがって、向井沢家を特別視する者も減っていき、頼が生まれた頃には、古くて大きな屋敷が過去の栄光を物語るにすぎなかった。

それでも地元の老人たちに「向井沢の殿様」と呼ばれていた祖父は、向井沢家の権威の存続こそが我が使命と燃えていた。

自分の息子の出来がいまいちだった分、孫への期待は大きく、頼は幼い頃から祖父に厳しく躾《しつ》けられた。

書道茶道、剣道弓道。できないと泣いても許されることはなく、できるまでやらされた。できたところで大して褒められもしなかったが、期待には応えたかったし、なにより自分自身が人より劣ることを許せなかった。

殿様気質の負けず嫌いはきっと血なのだろう。

だから、頑張ること自体が嫌だったわけじゃない。なんでもうまくやれて当たり前、という空気はきつかったが、期待されない自分になるのは怖かった。

自分の存在価値、生きる資格、そんなものを常に意識しながら生きてきた頼にとって、ニコニコ笑っているだけで愛される弟の存在はなにより疎ましかった。

同じ家に生まれてきたのに、次男というだけですべて免除され、できなくても責められることはなく、できれば褒められた。長男を人身御供《ひとみごくう》として祖父に差し出した両親は、その分も弟に愛情を注いだ。

にっこり微笑むだけで祖父をも笑顔にし、当然のように甘やかされる弟という生きもの。比較対象がいなければ、過酷な日常もこういうものだと思えたはずだ。

祖父は頼が中学三年生の時に亡くなった。高校の三年間は比較的平穏に過ぎたのだが、大学に合格した数日後、両親が交通事故で亡くなった。

青天の霹靂《へきれき》。それがなければきっと俳優になんてなることはなかっただろう。

人生はなにが起こるかわからない。こんな未来、十年前にはまったく予想もしなかった。その頃に「おまえは将来俳優になる」などと聞かされていたら、なにを馬鹿なことを、と一笑に付していたに違いない。

「ラウンジでコーヒーでも飲む？　けっこう美味《おい》しいらしいよ」

鈴木が頼の顔を見て声を掛ける。暗い顔をしていたのだろう。

「いや。俺は缶コーヒーでいい。無糖のプレミアムブレンド」

その缶コーヒーが一階の売店でしか売っていないことは知っていた。この部屋は十階。エレベーターで下りるだけだが、面倒なのは確かだ。本当はこの階の自動販売機にある違うメーカーのものでもよかった。ルームサービスでもラウンジでもよかったのだが、ちょっとしたわがままを言って溜まったストレスを発散する。

鈴木はいい迷惑だ。

「わかった、買ってくるから少し待ってて」

鈴木は不平も言わず、にっこり笑って部屋を出ていった。演技に関しては辛辣《しんらつ》なことも言う鈴木だが、普段のわがままはだいたい聞き入れてくれる。

「わがままな俳優」と「よくできたマネージャー」という構図。人前では鈴木にもわがままは言わないようにしているのだが、その評価はなかなか覆《くつがえ》らない。鈴木のマネージャーとしての評価ばかりが上がっていく。

多少わがままだと思われていても仕事に支障がなければいい。実物通りのイメージなんて、役者が持ってもらえるわけがない。

デビューからトントン拍子に人気が出て、「ぽっと出の顔だけ役者」みたいに言われていた時には、こっちだって好きでやってるわけじゃない、金のため、弟を養う手段としてやっているだけだと言い訳し、評価の低さから目を背《そむ》けていた。三年稼げればいい、そう思っていた。

しかし、人気が下り坂になって、仕事が減って、弟が手を離れていき……辞めてもいい状況になってはじめて、自分が俳優という仕事に執着していることに気づいた。

勉強もスポーツも頑張ればどうにかなった。独りで努力すれば上達できた。しかし演技は、自分なりに頑張ってみても、うまくなっている実感はなく、評価も上がらなかった。

どうすればいいのかわからず、しかし意地を張りすぎて人に訊くこともできなくて、独りで足掻《あが》いていた。不安が増すほど攻撃的になって周りに当たる。ハリネズミのようにトゲで自分を鎧《よろ》い、人を寄せ付けず、なにもかもが悪循環でますます孤立した。

舞台の仕事が入った時、きっと落ち目役者が、という目で見られるのだろうなとは思ったが、なにか得られるのではないかという期待の方が大きかった。

そこそこ有名な劇団の劇団員たちは、人寄せの客演俳優を歓迎しているような顔で馬鹿にしていた。

そんな中で鈴木だけがニュートラルに接してくれた。

鈴木はその頃、中堅の劇団員で、脇役《わきやく》だが端役《はやく》ではない、そんな役どころを演じていた。

劇団員には信頼されていて、演技がうまいことはみんな認めていた。役にスッと溶け込む。なんの違和感もない。それでも重要な役を任されないのは、存在に華がないからという理由。

頼とは真逆だった。とにかく華のある容姿をしているのに、演技が下手《へた》くそ。だからこそ鈴木に教えを乞おうという気になった。

演技指導をしてくれと頼むと、鈴木は目を丸くした。

「プライド高そうだから、人に教えを乞うなんてできないと思っていたよ。俺は人がよさそうに見えた？」

少し嫌味に問いかけられる。

「あなたの人柄とかどうでもいい。俺は演技がうまい人に教えてほしい。優しく教えてくれなくていい、スパルタでかまわない。率直なところ、俺は頑張ればどうにかなると思いますか？」

人に教えを乞う態度ではなかった。お殿様教育では物の頼み方なんて教わらない。こんな奴《やつ》によく鈴木は教える気になったものだと思う。

「きみは努力じゃどうにもならないものを持っている。演技は努力すればなんとかなるよ」

フッと笑った顔は優しくて、なぜ舞台の上では輝けないのか不思議だった。

役者を辞めて裏方になるという鈴木を、自分のマネージャーにならないかと誘ったのは頼だ。

そして、マネージャーになった鈴木に最初に言われたこと。

「自分にはどんなにきつく当たってもいい。でも、スタッフにはとにかく愛想《あいそ》よくすること。この仕事を続けたいなら、スタッフに嫌われていいことなんてひとつもないよ」

ハッとした。そんなのは当然のことだ。

芸能界を世間の常識が通用しない特殊な世界だと思い込んで、その当然のことができていなかった。落ち着いて周囲を見回せば、そこにいるのは自分の仕事をコツコツこなす職人たち。のぼせ上がっていた自分に気づいた。

それから、それまでの無礼を取り戻すように、スタッフには愛想よくなった。役に誠実に向き合い、いいものを作るためなら文句は言わない。コツコツと悪評を覆していって五年、最近やっと演技を評価してもらえるようになってきた。

そんな恩人の鈴木を使いっ走りにしている。我ながら最低だと思う。しかし駄目なのだ。鈴木の顔を見るとわがままを言いたくなる病を患っている。

その時、ドアがノックされた。鈴木が戻ってくるには早いなと思いつつドアスコープから来訪者を確認すれば、よく見覚えのある、しかしこんなところで見るはずのない顔がそこにあって頼は眉を寄せた。

「ご、ごめんなさい、兄さん。こんなところまで押しかけてきて」

ドアを開けると同時に頭を下げられる。恐る恐るというふうに上目遣いに見つめてくる瞳の色はグレー。長めの髪は金に近い茶色。日本人離れしたきれいな顔。

母方の祖母の北欧の血は、頼にはしっかりした骨格と目鼻立ちを、弟には白い肌《はだ》と貴族風の容貌《ようぼう》をもたらした。

似ていない美形兄弟。子供の頃からそう言われた。

「謝るくらいなら来るな」

開口一番、頼は冷たく言い放った。

向井沢恵は頼の四つ下の弟で、頼が反射的に横柄な態度を取ってしまう相手、其《そ》の二《に》だ。いや、こっちが其の一か。なにせ物心ついた頃からそうなのだから。

恵はニコッと微笑むだけで周囲の愛情を掻っ攫《さら》う小悪魔で、厳格な祖父さえもその毒牙《どくが》にかかり、頼は恵の顔を見ると反射的にイライラするようになった。

だから子供の頃から恵には意地悪ばかりした。なのになぜかこの弟は兄が大好きで、どんなにいじめてもいじめても、懲《こ》りもせず慕ってくる。小悪魔というよりゾンビかもしれない。ポヤッとした雰囲気とは裏腹に、とにかく頑固で、新手《あらて》の嫌がらせかと疑ってしまうくらいしつこい。

「うん、そうなんだけど、柏木《かしわぎ》さんが……」

恵は申し訳なさそうに言って、右横に目を向けた。

恵の横に立つ、恵より大きい男の姿は、当然ながら最初から頼の視界に入っていたが、無理矢理抹消していた。

仕立てのいいスーツを着た、いかにもエリートビジネスマンという雰囲気の三十男は、男前を見慣れている頼の目から見ても、そこそこ男前だった。しかし、人を食ったような笑みが、ただただむかつく。

「スポンサーとして陣中見舞いに来たんだよ。恋人との旅行も兼ねてね」

この柏木という男は大手通販会社の社長を務めている。映画のスポンサーの中にその名を見つけた時、嫌な予感はしたのだ。この低予算の映画で貴重なスポンサー様にたてつける奴などいない。

「俺はあなたを恵の恋人だなんて認めてません」

頼にとって柏木は、顔を見ると反射的に横柄な口をきいてしまう相手、其の三――になりつつあった。スポンサーだからと口調は抑え気味だが、目で威嚇《いかく》する。しかし柏木は涼しい顔でそれを受け止め、気にもしていない。侮《あなど》られているのが丸わかりで、とにかくむかつく。柏木は地位も名誉も金も持っている。恵のことが本当に好きらしい。しかし弟の恋人だなんて認められるわけがない。こいつが男である限り。

「きみが認めなくても、事実は変わらないよ」

余裕綽々《よゆうしゃくしゃく》。恵の肩を抱き寄せる柏木を、頼はますますきつく睨みつける。恵は二人を見比べて、ただオロオロしていた。

「あれ、恵くん？　あ、柏木社長も」

缶コーヒーを手に戻ってきた鈴木は、ドアを開けたまま向き合っている三人を見てにっこり笑った。漂う不穏な空気は感じているだろうし、頼が柏木を毛嫌いしていることもよく知っているのに、表情は穏やかで少しも慌てる様子はない。

「あ、鈴木さん、こんにちは」

恵は救世主が来たとばかりに笑顔になった。

「いやあ、種類の違う男前が揃《そろ》って、壮観だ。ここじゃ目立ちすぎだから、どうぞ中に。どうぞ、どうぞ」

鈴木はのんびり言いながらも、二人をグイグイ中に押し込む。柏木など入れたくもなかったが、ここでは悪目立ちするのも確かだった。

このホテルの中ではグレードの高い部屋の集まる静かなフロア。今泊まっているのは映画関係者が多いが、だから安全なんてことはない。他人のゴシップは蜜《みつ》の味、油断したら足を掬《すく》われる。

恵は頼の弟として少しばかり顔が知られており、柏木もそれなりに有名人だ。二人が付き合っているなんて、ゴシップ誌が大喜びして飛びつきそうなネタだ。

仕方なく二人を中に招き入れる。鈴木がルームサービスを頼もうとしたが、柏木に長居はしないからと断られる。

「出不精な恵を連れ出す餌《えさ》には、革かお兄ちゃんだからな。会いに行っても嫌な顔をされるとわかってるのに、なぜ会いたいんだか、俺にはさっぱりわからんが」

柏木は悠々とソファに腰かけ、長い足を組む。

「それは俺も疑問だ」

足の長さなら負けないとばかりに頼もイージーチェアに腰かけて足を組んだ。柏木に同意するのは不本意だが、頼にも恵のその心情がわからない。

恵に愛想よくしたことなど生まれて一度もないと言っていい。まして柏木と一緒に来れば、兄の機嫌が最悪になることはわかっていたはずだ。

「兄さんの嫌な顔はいつもだから、僕にはもうそれが普通だし。兄さんに会える機会なんて滅多にないし。迷惑だろうとは思ったけど、直《じか》に顔を見ると安心できるから、ちょっとだけでも見たかったんだ」

そう言って恵はふわっと笑った。顔を見られただけで僕は幸せです、という笑み。

イラッとする。

新人女優あたりがそういう顔をしたのであれば、あざとい、と一蹴《いっしゅう》しただろう。しかし、恵に計算や下心はない。恵がどんなに可愛《かわい》く笑っても頼の機嫌がよくなることはなく、むしろ悪くなるということは幼い頃から何万回と学習しているはずだから。

「安心ってなんだ。俺はおまえに心配されるほど落ちぶれちゃいない」

いつも通り、恵の笑顔は頼の機嫌を悪くした。兄の余裕を見せて笑顔で受け止めることは、演技ならば可能だ。しかしそれは恵相手にはできない。

「違うよ。心配なんてしてない。嬉《うれ》しいんだ、とても」

どんなに冷たく言い返されても、恵はニコニコ笑顔でマイペース。それがまたイライラする。突っかかってばかりの兄と、おおらかに受け止める弟。どちらの器が大きいかなんて誰にでもわかる。

窓辺に立っている鈴木は、いつものこととばかりにニコニコ微笑んでいた。

「本当、変な兄弟だな。恵……俺だけじゃ不満なのか？」

この場にもうひとり心の狭い男がいた。いくら恵がちょっとばかり度を超したブラコンでも、実の兄に嫉妬《しっと》する必要はないだろう。

「不満なんて!? 兄さんと柏木さんは、全然、別だし」

焦りながら顔を真っ赤にする恵を見て、柏木はあっさり機嫌を直した。が、頼の機嫌は悪化する。

「男同士でイチャイチャしてんじゃねえよ」

身内のイチャイチャはただでさえ目のやり場に困るものだが、百八十センチ前後の男同士のイチャイチャなんて、見て楽しいわけがない。

「イチャイチャ!? ご、ごめんなさい」

恵は慌てて柏木と距離を置こうとしたが、柏木がそれをさせない。肩を抱き寄せて腕の中に恵を納め、ニヤニヤと頼を見る。

「弟が幸せそうで嬉しいだろう？ 仲がよくて羨《うらや》ましいって素直に言っていいんだぞ、お兄ちゃん」

「はあ⁉　羨ましいわけねえだろ！　ゲイなんて気持ち悪いんだよ。恥さらしもいいところだ。……祖父《じい》さんが生きてたらなんて言っただろうな。いくらおまえ贔屓《びいき》の祖父さんでも、向井沢家の恥、くらいは言っただろうな。さっさと別れないと、縁を切るぞ、恵」

売り言葉に買い言葉的に言葉を返して、俺とそいつのどっちを取るんだ、みたいなことを言ってしまった。向井沢家の……と祖父に言われることが、なにより一番嫌いだったのに、自分がその言葉を使ってしまった。

「兄さん……」

恵は困った顔をしているが、今さら撤回することもできない。ただ逃げを打つ。

「もういい。さっさと帰れ」

どうせ今の恵は柏木を選ぶだろう。その返事は聞きたくなかった。頼は目を逸《そ》らし、テーブルの上に置いていた台本を手に取る。

「行くぞ、恵。俺の別荘で存分にイチャイチャするとしよう」

柏木は恵の肩を抱いたまま立ち上がり、表へと促す。恵を傷つけた頼に怒っているのだろう。声が低い。

「兄さん、お邪魔してすみませんでした。お仕事、頑張ってください」

恵はお行儀よく言ったが、頼は顔を上げなかった。

出ていく二人を鈴木が送り出す。部屋を出るところで恵が足を止めた。

「兄さん、僕は柏木さんが好きです。気持ち悪くてごめんなさい。でも……兄弟の縁は絶対切りませんから」

柔らかくて強くて頑固なのだ。どんなトゲトゲの球を投げつけても、やんわり包み込まれてしまう。痛いと怒ればいいのに、泣きそうな顔をして笑うから、こっちは罪悪感でいっぱいになる。なのに意地を張って謝ることもできない。そして自分がどんどん嫌いになる。

「好きにしろ」

そう言うのが精いっぱいだった。

二人を送り出して、鈴木が戻ってきた。

「小さい奴だって思ってるんだろ？」

自己嫌悪にまみれて頼は言った。意味のない問いかけだ。肯定されても否定されても気持ちが軽くなることはない。

「そうだね。小さいっていうか……抱きしめてよしよしってしてあげたい気分だよ」

人を喰《く》ったような答えが返ってきてムッとする。

「ガキっぽいって言いたいのか？」

「んー、言葉通りの意味だけど、頼はわからなくていいよ。心にもないことを言って弟を傷つけちゃって、自己嫌悪に浸ってるんでしょ？　でも、謝りたくても謝れない。ガキっぽいといえば、ガキっぽいかな」

「おまえはなにげに嫌な奴だよな」

なにもかも見透《みす》かして、慰めるようなふりで馬鹿にする。

「それはその通り。でも僕は自己嫌悪なんてしないよ。時間の無駄だから」

笑顔は真意を煙《けむ》に巻く。眼鏡の奥の瞳は真《ま》っ直《す》ぐに頼を見るが、なにを考えているのかはさっぱりわからなかった。

それでも少し気が楽になる。確かに自己嫌悪に浸っていてもなにも解決しない。潔く謝るのが一番だが、それはできない。できるのは、自分は小さな奴だと開き直ることくらい。

「なあ……この役って、あいつが俺をねじ込んだわけじゃないよな？」

不意に湧《わ》き起こった疑問を鈴木にぶつける。スポンサーといっても筆頭ではなかったから、配役に口を出すほどの権限はないと思うのだが。

「あいつって柏木社長？　さあ、僕は知らないけど、もしそうだったら降りるの？」

答えはわかっているという顔で問いかけてくる。

「冗談。どんな理由で転がってきたチャンスでも、手放すなんて馬鹿なことはしない。俺にしてよかったと言わせるだけだ」

昔の自分なら、弟の機嫌を取るために金で買った役なんて冗談じゃない、と突っぱねていたかもしれない。でも今は、理由なんてどうでもいい。転がり込んできたチャンスは実力でものにする。

「それでいいと思うよ。ま、この役は監督のご指名だったって聞いてるけどね」

「知ってるんじゃねえか。本当、やな奴」

ムッと睨みつけたが、鈴木は澄ました笑みで缶コーヒーを差し出した。受け取ってプルトップを開ける。この瞬間の匂《にお》いが好きだということも知ってるから、開けずに渡してくる。いろいろと把握されていて、それが悔しいけど居心地はいい。

「じゃあ鈴木先生。稽古《けいこ》の相手をお願いしたいんですけど。千絵役、やってもらえますか？」

頼はわざとらしく丁寧にお願いした。演技に関することだけは、鈴木の下手《したて》に出る。

「僕でいいの？　稽古したいって言えば、美音子《みねこ》ちゃん付き合ってくれると思うよ。向井沢頼の大ファンだからね、あの子」

「美音子ちゃん？　いつの間に下の名前で呼ぶほど仲よくなったんだよ。相手役の俺がまだ香本《こうもと》さんって呼んでるのに」

ヒロイン役の女優の香本美音子というフルネームを思い出すのに少し時間がかかった。

「頼は気づかなかっただろ？　美音子ちゃんが頼に近づきたくてウズウズしてたの」

「妙に緊張してるな、とは思ってたけど……」

経験の浅い女優だから無理もないと思っていた。

「頼は本当、そういうの鈍いよね。まあ、気づいても人見知りだし、適当にあしらうとかできないし。代わりに話しかけてみたら、すっかり懐かれちゃって。頼のことをいろいろ訊い

か……」

「親しみっていうか、俺を貶《おとし》めてないか？　まさか俺を下げて、自分を上げて手を出そうとか……」

「大丈夫、親しみを感じてもらえそうなことだけ。朝が弱くて目覚ましが三つ必要とか、その程度のことだ」

「別に俺は人見知りってわけじゃ……。俺のこと教えたって、なにを？」

てくるから教えてあげた」

香本と鈴木が話しているところなんて見ていない。確かに最近、香本はちょっとリラックスしているというか、自分に親しみを持ってくれているように感じてはいた。どんどん仲よくなっていく設定だから、それはいい。

そういえば、と思い出す。鈴木は策略家だと劇団の誰かが言っていた。役に入られると、それが演技なのか見抜けない。計算してるのかしてないのかもよくわからないのだ、と。

「残念ながら、美音子ちゃんは好みじゃないんだよね」

「おまえの好みってどんなのだよ」

思わず訊き返せば、一瞬変な間が開いた。そしてこれはプライベートを詮索したことになるのか、と気づく。撤回しようとしたのだが、先に鈴木が口を開いた。

「そうだね、僕と目線が同じくらいの子がいいかな」

答えが返ってきたことにホッとしたが、その趣味はどうなのか。

「おまえ、身長百八十あるよな？」

自分とほぼ同じくらいだから、そのくらいはあるはずだ。そんな女はなかなかいない。

「あるけど、違うよ。心の目線のことだよ」

「あ、そ」

言われてみれば、そりゃそうだろうと思えた。つまり同じ目線でものを見ることができる人。同業で同じくらいの歳で同じくらいの精神レベルがいいのか。少なくとも、護《まも》ってあげたい系ではないらしい。

「頼は？」

「は？」

「好みのタイプ。今までの系統でいくと……積極的な美人、かな」

「別にそういうわけじゃ……」

「ああそっか、言い寄ってくる女をつまみ食いしてるだけだから、自然に積極的な女になるだけか。ある程度自分に自身がないと、頼に言い寄るなんてできないし。でもそういう流されて付き合う、みたいなのって危険だよ。気をつけて」

「わかってるよ。俺だって相手は選んでる」

「どうだか。きちっとしてるみたいで詰めが甘いんだよね、頼は。押されると弱いし、優しくされても弱いし」

「うるっさいな」

「この業界、男前を押し倒そうと虎視眈々《こしたんたん》と狙ってる男もいるから。くれぐれも気をつけて」

鈴木はさらっととんでもないことを言った。

「今俺が、男同士に心が狭くなってるって、わかってて言ってんだろ⁉　恵は昔からなよなよした奴ではあったけど、まさか女になるとは……」

たった今、仲むつまじく去っていった後ろ姿を思い出す。

「別に恵くんは女になったわけじゃないと思うけど」

「じゃあ、あの柏木の野郎が女だっていうのか？」

「いやいや、男と男のまま恋愛するってのもあるでしょ」

「それはそうだけど……でもほら、夜とか……絶対あいつが女役だろ⁉」

「えー、なに考えてるの？　お兄ちゃん悪趣味ぃ」

「お、俺だって考えたくないけど！　……考えちまうだろ、普通」

「そんなのどうでもいいじゃない。頼だって自分がどんなふうに女を抱くかなんて、恵くんに想像されるの嫌だろう？　でもまあ、気になるなら訊いてみれば？　案外あっさり答えてくれるかもよ、恵くん大物だから」

「俺が小さいって言いたいのかよ」

「まさか。天下の向井沢頼が、弟の夜のことが気になってしょうがない小物だなんて。まさかそんな」

「もういい！　今後一切、恵のことは話すな」

「僕から振ったわけじゃないんだけどね」

いつだって鈴木は涼しい顔。言い合っているうちに煙に巻かれ、言い負かしたと思えたことはほとんどない。策略家だというのはきっとそうなのだろう。でもどういう策略を巡らしているのかはさっぱりわからない。

頼はけっこう単純だ。素直ではないが、策を巡らしているわけじゃない。意地っ張りでプライドが高く、負けず嫌い。目的のためなら我慢も努力もするが、基本的には直情径行型。自分の上にいる人間は、策を巡らせて引きずり下ろすより、努力して追い越したい。

恵にはたくさん嫌がらせをしたが、ただ泣き顔が見たかっただけで、その先のことはあまり考えていなかった。知らない場所に置き去りにして、日が暮れてから迎えに行く。泣きべそを掻いているのを見て溜飲《りゅういん》を下げる。

しかし恵は変な方向に調子に乗るタイプで、何度か置き去りを経験すると、兄は必ず迎えに来ると、ニコニコして待っているようになった。

意地悪と好意のイタチごっこ。たいがい負けるのは頼だ。

恵が自分の好きなものを外圧によって嫌いになることは絶対にない。だから、柏木のことだって、いくら自分が反対しても別れたりはしない。

「恵はちょっと田崎と似てるかもな……」

誰がなんと言おうと好きなものは好き。そういう根っこのところが。

頼の呟《つぶや》きには若干の羨望が混じっていた。


晴れ渡る空。遠く霞《かす》む水平線。点在する緑の島と白波。海からの風は穏やかにそよぎ、千絵の黒髪を揺らす。

『僕は、きみだけをずっと見つめているよ』

千絵の黒い瞳を見つめ、田崎はただ一途に告げた。

千絵の姉を道連れにした、田崎の父が起こした無理心中は、仕組まれたものだった。仕組んだのは千絵の父。実際には、千絵の姉が父親から性的虐待を受けていることを田崎の父に相談し、発覚を恐れた千絵の父が無理心中事件をでっちあげたのだ。

自分と歳の変わらぬ男に娘を殺された悲劇の父親は、自分の地位を守るためなら娘をも殺す最低の男だった。千恵にとっては知らない方がよかったに違いない真実。

被害者家族と加害者家族が入れ替わる。

それでも田崎の想いは少しも変わらない。それを見つめることで伝える。

ずっと好きだった。これからも好きだよ。はっきり言葉にしないのは、田崎の優しさ。言葉は罪悪感に忍び込んで千絵を縛りつけてしまうかもしれないから。

『ありがとう。……あなたが見ていてくれるなら、私は間違えない道を歩いていける。ずっと、ずっと見ててね……』

千絵は気丈に微笑んで、それを見た田崎はすべてが報われたような表情になる。

遠くから見ていてほしいという意味なのか、そばで見ていて、なのかはわからないが、田崎にとってはどちらでも大差ない。見ていてと言ってもらえただけでいい。

そのままカメラは引いて、見つめ合う二人の姿はやがて画角から消える。

そしてエンドロール。クレジットのバックには海。監督のこだわりは、光の乱反射する明るい海だった。それは辛さを乗り越えた若い二人の、これからの人生を暗示している。

「カーット！」

快晴の浜辺に監督の声が響き渡る。映像を確認して、監督は深く満足そうにうなずいた。

「はい、オッケーです！　これにて全撮影が終了しました。みなさんお疲れさまでした。ありがとうございました！」

助監督の声に現場の空気がほどける。結局、最初に撮り損ねたシーンは最後になった。

「待てば海路の日和《ひより》ありってね。よかった。とてもよかったよ。特に最後の表情がね。ありがとう、向井沢くん」

涙目の監督に握手を求められ、両手で応える。

「ご迷惑おかけしました。でもラスト、俺もすごく感動しました」

「香本さんもありがとう。すごくよかったよ」

「ありがとうございました。監督と向井沢さんのおかげです」

クランクアップの花束を受け取り、香本は感極まって涙ぐむ。監督の手を握り、そして頼に握手を求めてきた。しっかりと握り返す。

「こちらこそありがとう」

にっこり笑えば、香本は頰《ほお》を染める。そういえば自分のファンだと聞いていたことを思い出した。

「あ、あの、私……向井沢さんの射程圏内に入るまで、自分を磨きます！」

意を決したように言われ、頼は眉を寄せる。

「射程圏内……？」

「はい。あと六年もあるんですけど……私、すんごいいい女になりますから、その時フリーだったら考えてください」

「はあ……まあ、頑張って」

頭の中に疑問符を残したまま、とりあえずファン向けの笑顔を浮かべてみた。ファン向けというのは、極上の作り笑顔だ。

なにを言われているのかはわからなかったけど、なぜ彼女がわけのわからないことを言っているのか、理由は推測できた。

「鈴木、香本さんになにを言ったんだ？　射程圏内ってなんだ？」

帰宅の車の中、運転する鈴木に後ろから問いかける。

「ああ……向井沢さんの彼女になるにはどうすればいいか、って訊かれたから、頼は三十歳以下は女じゃないと思ってるって言っておいた」

「なに堂々と嘘ついてんだよ」

「だって美音子ちゃん、頼のタイプじゃないだろ？　六年経ってもまだ好きって言ってくるようなら、その時は頼のタイプになってるかもしれない」

「俺のタイプを見切ってるみたいに言うなよ。俺だってよくわかってないのに」

後半部分は口の中でボソボソ言う。

今まで付き合ってきたのは、鈴木の言う通り、あちらから言い寄ってきた面倒のなさそうな女ばかりだ。嫌いなタイプはあっても、好きなタイプとなるとはっきりしない。

香本は可愛いが、女優としての将来性は感じても、女としては特になにも感じなかった。六年後ならもしかしたら……なんてことを思うあたり、鈴木の読み通りなのかもしれないが、認めたくない。

「頼は歳上の方がいいと思うよ。歳下でも精神的に成熟した女性ならいいんだろうけど、歳下だと無条件に意地を張るからねえ。本当、無意味に」

当たっていると思っても認めない。

「次の仕事の台本あるんだろ？　寄こせよ」

「はいはい、帰り着くまでくらいゆっくりしていればいいのに。そこのバッグの中に入ってるから。次はテレビの連ドラ、刑事さんだよ」

鈴木のバッグの中から台本を取り出し、ペラペラとめくる。

頭の中の切り替えは早めにしておかないと、前の作品から抜け出すのに時間がかかってしまう。田崎はもう終わり。次は……伊崎《いざき》。

「名前似てんな。……性格は全然違うけど」

「好きでしょ？　こういうなにも考えなくてよさそうなアクションもの」

「ああ。……ジム通いだな」

「予約は入れておいたよ」

読まれている。ツーカーの仲だと誇ればいいのだが、知られているのは自分のことばかり。頼には鈴木の考えていることがまったく読めない。

しかし、タレントとマネージャーの関係としては、きっとこれで正しい。

タレントは商品で、それを売り込むのがマネージャーの仕事。商品は自分を磨き、価値を上げ、売り手は商品の特性をよく知り、活かし、伸ばす。同じ利害を持つ協力関係。商品が売り手のことを深く知る必要はない。

それでも、人と人なのだから。割り切れないこともある。

「鈴木……もし、妻が病気で看病しなきゃ、とかいう事情ができたら言えよ。こっちからプライベートは詮索しないけど、言ってくれれば対応する」

「急になにを言い出したの？　ひとつ教えてあげるなら、妻はいないし娶《めと》る予定もないよ。頼は僕のことなんて考える必要ないから」

「あ、そう。まあ、結婚なんかしたら奥さんは大変そうだよな」

「お気遣いありがとう。……余計なお世話だけど」

優しい笑顔で突き放し、甘い声で辛辣なことを言う。

性格がよさそうに見えて絶対悪い。が、相性は悪くない。そうでなければ五年も続かない。

「一言多いんだよ」

「じゃあ明日。十一時に迎えに来るから。今日はゆっくり休んで」

翌日はドラマの顔合わせだった。

頼はダブル主演のひとり。もうひとりは四十歳手前の人気俳優だ。

色黒で大きな口から覗く白い歯が印象的な男。サーファーのイメージがあるが、サーフィンは不得意だと前に聞いたことがある。おおらかだがちょっと癖《くせ》があって、でも頼にとっては気安く話ができる人。

「よう、頼。久しぶり」

「お久しぶりです、高野《たかの》さん。といっても、一ヶ月くらい前にお会いしましたけど」

「一ヶ月前？　ああ、あれかデートの時か」

「あれは彼氏、でしたか」

「おう。ふられたけどな」

まったく悪びれず、あっけらかんと男にふられたと言う男。業界の人間なら高野がゲイだということはたいがい知っている。ゲイの多い業界ではあるが、これほどまったく隠す気がない人も珍しい。

「だからって尻《しり》を触らないでください」

「手が寂しいんだよー。相変わらずいいケツしてるな」

ジーンズの尻を高野の手がまさぐる。触り方はあまりいやらしくないし、冗談だとわかっているので、いつもは流している。

「すみませんけど、俺は最近こういうことに非常に心が狭くなってるんです。手を引いてもらえます？」

「ん？　なんかあった？　いつも平然と触らせてくれるのに。ハッ、まさか誰かに奪われちゃったとか⁉」

普段からリアクションが大きいのは、舞台出身だからなのか。

「奪われてません」

「じゃあなんだよ。あ、とうとう鈴木が手を――」

と言ったところで、高野は不自然に言葉を詰まらせた。

「鈴木？　鈴木ってうちの鈴木ですか？」

高野がボソッと漏《も》らした名前に反応する。高野と鈴木は同じ劇団の出身だ。

「ええ!?　いやいや違うよ。えっと、ほら、大御所俳優の鈴木さんのことだよー。おたくの鈴木さんじゃないない」

いつも鷹揚《おうよう》な高野らしくもない焦った様子で、不自然なまでに強く否定して、逃げるように去っていった。大御所の鈴木という俳優は愛妻家で知られているし、一度も共演したことがない。呼び捨てにもしないだろう。

鈴木というのはありふれた名前だが、高野と共通で知っている鈴木といえば、マネージャーの鈴木くらいしか思い浮かばない。

顔合わせが終わって、次の仕事まであまり間がないので、局の食堂で鈴木とサシで遅い昼食を取る。

豚《ぶた》の生姜焼《しょうがや》きを口に運びながら、頼はなんとなく鈴木の顔をじっと見ていた。

「なに？」

手元の手帳に落とされていた鈴木の視線がこちらを向く。

「高野さんと鈴木って仲がよかった?」

「高野さん? 同じ劇団っていっても、あっちは看板役者だったし、先輩だし。話くらいはするけど、仲がよかったってほどじゃ……。高野さんになにか言われた?」

黒縁眼鏡の奥の瞳が微妙に泳いだのを見て取った。わずかな動揺も鈴木にしては珍しい。

「高野さん、彼氏にふられたみたいで。誘われちゃったんだけど、実際のところ高野さんってどうなのかなって」

「それは、高野さんがどんな人でも関係ないだろ。きっぱり断ればいい。あの人は嫌がる相手に無理強いするようなことはしないよ」

「へえ。仲よくなくても、そんなプライベートなところまで知ってるんだ?」

「有名だったからな。……まさか頼、女に飽きて男に興味を持ったとかじゃないよな?」

鈴木の口調が少しぞんざいになっている。マネージャーになる前はわりとこんな口調だった。

「冗談」

「じゃあなんで高野さんのことなんて訊いたの?」

「んー、ダブル主演だし、ちょっと知っとこうかなと思って」

「あの人の素行だけは見習ってくれるなよ。今度の役にはぴったりの人だけど」

フットワークの軽い女タラシの役だ。実際は男タラシだが、見事に演じきるだろう。

「俺にあんなバイタリティはないよ。口説いたり、尻を触ったり、面倒くさい」

「面倒くさい、は頼の口癖だね。いつもほったらかしで……」

「俺が好きなら一ヶ月くらい黙って待ってろっての」

「好きだから、だと思うけどね。恵くんみたいな女はいないよ？」

「なんで恵なんだ。あいつは女じゃ……」

言いかけて言葉を呑み込む。女ではないが、改めて考えてみれば女なら理想的かもしれない。断じて恵にそんな気持ちはないが、柏木のものだというのは気に入らない。

「外面フェミニストだけど、わりと亭主関白だよね、頼って。ついてこられる女性は少ないと思うなあ」

「男の恋人を見つけるよりは簡単だろ」

「それはどうかな。芸能界では、貞淑《ていしゅく》な女より男の恋人見つける方が簡単かもよ？」

そうかもしれない。昔の人ならともかく、最近の女優に貞淑なんて言葉が似合う人は思いつかない。

おまえはどうなの？　恋人は女？　男？　と訊きそうになって、やめた。

高野が不自然に鈴木という名前を出したからといって、鈴木がゲイかも、なんて思うのはさすがに飛躍しすぎだろう。でも一度起こった疑惑は、確実な否定材料がなければ消せない。

答えを聞いてすっきりしたかったが、そこは思いっきりプライベートだ。訊いたところで答えてはもらえないだろう。

今まで鈴木がゲイかもしれないなんて考えたこともなかった。私生活は詮索しないと約束していたせいもあるが、鈴木はストイックで、誰より長く一緒にいて疑いすら抱かせなかった。

それはつまり、鈴木がもしゲイだとしても、不都合はないということだ。優秀なマネージャーである鈴木が商品に手を出すはずがない。

そう思っても胸の奥がモヤモヤするのはなぜなのだろう。

恵のことがあるまで、自分がゲイを差別視しているとは思っていなかった。尻を触られたって誘われたって、笑ってスルーすることができた。今でも他人がゲイであろうと関係ないと思っている。

でも、身内となると話は別だ。

鈴木はもはや身内の範疇《はんちゅう》なのだ。私生活はなにも知らないのに……。

「次、行くよ」

促されて立ち上がり、鈴木の後ろをついて歩く。

鈴木の姿に恵がダブる。いや、柏木の方なのだろうか。鈴木を見てもまったく想像がつかない。そもそも性的なものを感じない。

しかし、芝居をしている時にはちゃんとそれを感じさせる。エロい役は直接的なことをしなくても本当にエロくて……ゾクゾクした。役者をやめてから一度もそういう鈴木は見ていない。

もう一度あれを見てみたい気もする……でもマネージャーをやめられては困る。

いろんな想いを呑み込んで、地味なスーツの背中を追いかけた。

◆

プライベートを詮索するな、という条件を出したのは、自分がゲイであることを知られたくなかったからだ。

「高野さん、頼になにか言ったでしょう?」

撮影の合間、高野がひとりになったのを見て鈴木は近づき、耳打ちした。

「え? なになに? 俺はなーんにも言ってないよ? 鈴木が本当はノン気も惑わす魔性のゲイだとか、そんなことはなーんにも」

そろそろ四十になろうかというのに、出会った二十代の頃から変わらず軽い。

「誰が魔性のゲイですか。そんなこと言われたことないですから。本当、ろくなもんじゃない……」

呆《あき》れて言い返した。今さら高野相手に取り繕うことはない。十年くらい前に一度、同じ相手を口説いていたことがあった。その時は互いに譲り合って、相手もしらけて終わった。

それ以来、劇団員としてとは別に、同好の者として認め合うことになった。そうでなければ、こんな口はきけなかった相手だ。

「先輩にそれはないんじゃないの？」

「役者としては尊敬してます。でもそれ以外の部分はわりと軽んじています」

「相変わらずはっきり言うねえ。頼の前ではすんごい猫被っちゃって。なんで手を出さないのかなあ？　手も出せないほど惚《ほ》れてるってこと？」

「頼はストレートですよ、わかっててちょっかい出してるんでしょう？　それに今はちょっと訳あってゲイを毛嫌いしてるんです。俺は頼のマネージャーを続けたいので、今度なにか変なこと口走ったら、こっちにも考えがあります」

「怖ーい。鈴木くん怖ーい。マジでやるからなあ。なんにも言いませんよ。ちょっかいも出しませんよ」

高野はニヤニヤ笑いながらお手上げのポーズをする。

「そう願います。それと、頼にあなたの本気の芝居を見せてやってください」

「落としたり持ち上げたり、鈴木はそういうのうまいよね。やっぱり演出家になればよかったのに……」

「俺は今に満足しているんです。頼をいい役者にする。俺がしたいのはそれだけです」

「はいはい。いいね、懸けられることがあるっていうのは。いやー、鈴木をけなげだなんて思う日が来るとは。身体が寂しかったらいつでも言ってこいよ」

「お気遣いありがとうございます。でもあなたにそれは絶対ないですから」

「まあいいけど。……襲うなよ?」

「まさか」

それだけは絶対にしない自信があった。そもそもおとなしく襲われてくれるとも思えない。腕っぷしではきっと頼に分がある。

頼を初めて見た時から惹かれていた。しかしそれは恋愛対象として、というより、役者として。頼は鈴木が欲してやまないものをすべて持っていた。

立っているだけで人を惹きつける、華やかでありながら軽薄さのない容姿。人を黙らせる目力。よく通る声。軽やかに動く長い手足。

惹かれない人間などいるわけない。そう思ってしまうくらい完璧だった。

理想の具現。奇跡の存在。心が震えて、眩しすぎて、しばらくはまともに見ることもできなかった。

しかし、気づけば目で追っていた。羨望、嫉妬、憧憬《しょうけい》……。

だから彼の芝居を見た時には、少なからず失望した。形ばかり整えて、上っ面の心をのせて、きれいに演じていた。

そこにいるのは、今を生きている人間ではなく、人形とまでは言わないが、よくできたアンドロイドという感じで、役者としては十人並だった。頼が役をもらえていたのは、まず間違いなくその稀有《けう》な容姿のおかげだ。

でも本人はそう言われることを嫌って足掻いていた。

容姿は重要な才能だ。努力ではどうにもならないもの。容姿に華がないのが唯一の欠点だと言われていた鈴木としては、羨ましくも妬ましく、しかし必死で足掻いている頼の姿を見るうちに、暗い思いは消えていった。

そして、その瞳に映りたいと思った。きれいな黒の瞳は、光の加減で薄いグレーに見える時がある。黒い時には光が吸収され、グレーの時には反射され、それが頼に不可思議な魅力を与えていた。

「きれいな瞳だな」

思わず口に出して呟いていた。

頼は言われ慣れているのか、特に驚いたふうでも照れたふうでもなく、澄ました顔で、

「見える景色は同じですよ」

と、答えた。

その返事に思わず笑ってしまった。確かに機能は変わらないのかもしれない。どうやらナルシストではなくリアリスト。少し威圧的な物言いは感じが悪いが、笑われて虚をつかれたような表情は、構えが取れて子供っぽく見えた。なかなか可愛い。

「同じ、ではないと思うよ。たとえ同じ景色を見ても、感じる心が違えば、違う景色になる。世界の見え方は人それぞれに違うんだ。きみが見る世界と、ヨークが見る世界は違う」

頼が演じる役を摑《つか》みかねているのは見ていてわかった。ヨークというのは革命家の青年。同じ目で同じ景色を見ても、決して同じ世界は見えない。

そう言っただけで、頼はハッとした表情になって黙り込んだ。自分の言ったことになにかを感じてくれたのかと思うと嬉しくなった。

その時はそれだけでいいと満足した。目を見て、会話して、なにかを思ってくれた。それだけで幸せ、というのは、ファン心理に近かったかもしれない。

でもそれからは目が合うことが増えた。自分の演技を見てくれているのを感じた。それはなかなかの快感だった。

「演技を教えてください」

取っつきにくいとみんなに言われていた頼が、自分に頭を下げてきた。天にも昇る気持ちというのは、まったく語弊もなくそうなのだと知った。

高校卒業後、役者を目指して上京し、アルバイトをしながら劇団に所属して演劇三昧《ざんまい》の日

々を送った。「演技がうまい」と褒められるようになって、そのうち「演技はうまいのに……」と言われるようになった。言葉の裏には、いくらやっても主役は張れない気の毒な人、というニュアンスがあった。華がない、存在感が薄い。自分でも自分のことを「磨いても磨いても光らない石」のように感じていた。

でも、頼に演技を教えてほしいと言われて、自分のやってきたことは無駄じゃなかったと思えた。自分は磨いても光らなかったが、今まで磨いてきたことで、光る石を磨く権利をもらった。どう磨けばいいのかわかる自分が嬉しい。

もう役者はやめようと思っていたのだ。これを劇団での最後の仕事にしようと、かなり力を入れて容赦なく扱《しご》いた。

そんな事情など知らない頼は、きついことを言われて不満そうな顔をすることも多かったが、拒否したり投げたりすることはなかった。言われたことはとりあえずやってみる。素直ではないが努力家で、常に上を向いていた。

磨けば磨くだけ光り輝いた。

頼に引導を渡され、そして頼に救われた。その時に頼が演じていた役とも相まって、鈴木の中で頼は「救世主」だった。旗を掲げ、前を見て突き進んでいく者。

最初は冷めた目で頼を見ていた劇団員たちも、いじめのようなことをしていた者も、徐々に虜《とりこ》になっていき、舞台が始まれば、演劇関係者や普段は客演に厳しい劇団のファンからも絶賛された。舞台は大成功に終わった。

自分はしがない従者役だったが、有終の美を飾れたと満足して退団を申し出た。演出家として慰留され少し迷ったのだが、

「役者やめるなら、俺のマネージャーやりません？」

頼にそう言われた途端、劇団の演出家という仕事も、他の仕事も、急にかすんで見えなくなった。

それでも、二つ返事で引き受けられなかったのは、自分の性的指向のため。ゲイだということはできれば知られたくなかった。その時は頼をそういう目で見ているつもりはなかったが、惹かれているのは間違いなく、嫌われたくなかったのだ。

今離れれば、頼の中で自分は、いい思い出の人になれるかもしれない。それも魅力的だったが、どうしても断ることができなかった。

それから五年。頼は最初に約束した通り、こちらのプライベートには踏み込んでこない。嫁がいるかも、なんて思っているということは、バレてはいないのだろう。

いや、もしかしたらあれはカマをかけたのか。このあいだは高野になにか言われたようだし、バレるのは時間の問題かもしれない。

頼も今では演技派と言われるようになって、自分の必要性は薄くなった。

このあたりが潮時と、潔く離れてしまえばいいのだろうが、どうしても離れられない。離

れたくないのだ。

ゲイだということがバレても、だからなんだと言って頼を丸め込める自信はある。頼は感情的になっても理性はちゃんと働いているから、情に訴えつつ正論を持ち出せば、それで解雇するなんて言えないだろう。頼に誘われたからマネージャーになった、というのは鈴木の切り札だ。

でも、きっとしこりは残る。頼に警戒されたり、気持ち悪がられたりするのは、正直辛い。それに頼は基本的にお坊《ぼっ》ちゃんなので、どこか甘いところがある。心の芯のところが汚れていなくてきれいだ。それは役者として、人として、向井沢頼の魅力に繋がっている部分なのでなくしてほしくないのだが、見ていてハラハラする。

芸能界には、見目がよかったり、口がうまかったり、人を魅了する術《すべ》を持った人間が一般より多くいる。人気がある者のところには自然とそういう人間が集まってきて、悲しいことに善意や好意を抱いている人間より、悪意や敵意で近づいてくる人間の方が多いのが実情だ。欲の渦巻《うずま》く芸能界を生き抜くためには、きれいごとだけではやっていけない。時には泥《どろ》を飲むことも、毒をもって毒を制すことも必要だが、頼にそれはできないし、させたくない。きれいなまま自分が護ってやりたい。

頼のためなら泥くらい笑って飲めるし、多種多様の人の弱みという毒も取り揃えている。自分は頼の役に立てる人間だ。しかし、自分こそが毒になってしまう可能性もある。

今や向井沢頼は、鈴木の欲望の形だった。頼を磨くことが、己《おのれ》の欲を満たすこと。頼がいい演技をすれば嬉しいし、ただ笑っただけで幸せになる。頼を翳《かげ》らせるものは、たとえ自分でも容赦なく切る。

そんな激しい葛藤は胸の内に秘め、ビジネスライクに冷めた調子で接する。頼のプライベートは把握し、自分のプライベートは欠片《かけら》も見せないという卑怯《ひきょう》な関係を強いてきた。

しかしタイムリミットは刻一刻と近づいている。なにかが溢《あふ》れそうになることが、前よりずっと増えた。

「じゃ、僕はちょっと仕事があるから、外に出てるけど、雑誌の取材だからって気を抜いちゃ駄目だよ？」

「わかってる。誰に言ってるんだ」

「向井沢頼は映像がないところでは無愛想だ……って噂、聞いたことあるなあ」

「何年前のことだよ！　まあ、事実だったけど。今はそんなことない。仕事関係者にはとにかくスマイル。くだらない質問にもスマイル。真剣に考えるそぶり、考えたような受け答え、そしてとにかく映画の宣伝。すべては次の仕事のため」

「ファンの皆様のため」

「わかってるって。そのあたり抜かりはない。お目付役《めつけやく》は不要だ」

頼は口の端をクイッと上げ、雑誌記者の待つ部屋へと入っていった。今日は女性記者だったはず。あの笑顔を見せれば、たいがいのことは帳消しにしてもらえるだろう。

クランクアップから一ヶ月が過ぎ、映画のキャンペーンや新しいドラマの宣伝など、撮影の合間に取材を入れ込んで、スケジュールはかなりきつきつの状態だ。しかしそれに関して文句を言われたことはない。

人気も仕事も簡単になくなるのだということを頼は知っている。

テレビや映画の仕事がなくなったから、劇団の客演を受けた。頼がずっと人気者だったなら、鈴木と知り合う機会はなかっただろう。そう思えば、生意気な大根役者だった頼の過去に感謝したくなる。

今の頼は優等生のいい子ちゃんだ。周りを思いやってのいい子ではなく、自分の不利になることはしない、という外面いい子ちゃん。

俳優というのは人気商売で、いくら演技がうまくても、ファンやスタッフ、作品を蔑《ないがし》ろにするようではやっていけない。外面は大事、ということをちょっと言っただけで、簡単にその態度は改まった。

頭がよく、理解力もある。今も雑誌記者に愛敬《あいきょう》を振りまいて、クレバーな返事で驚かせたりしていることだろう。

人に好かれなくてはならないが、度を超して好かれると面倒なことになる。マネージャーとしても鈴木涼一個人としても、それはあまり歓迎できない。

「あ、あの……鈴木さん？」

仕事の電話を何本か掛け終わったところで、背後から遠慮がちに声を掛けられた。

「あれ？　美音子ちゃんも取材？」

「はい。向井沢さんの後だと伺ってました」

「そう。そちらも忙しそうだね」

「はい、おかげさまで。でも、向井沢さんや鈴木さんほどじゃないです」

香本美音子は白い頬を上気させ、少し潤んだような目でこちらを見る。

あれ、これはなんかヤバいんじゃ……と直感し、さっさと話を切り上げて離れようとしたのだが、思い詰めた声で呼び止められてしまった。

「す、鈴木さん！　あの、あの、私……。向井沢さんのことは好きだけど、それは憧れで……。鈴木さんのことが好きなんだって、気づいてしまいました。もしよかったら、お食事とかご一緒してはいただけないでしょうか」

必死さが伝わってくる。可愛いとは思うけど、心はまったく動かなかった。

「ごめんね。役者さんとはお付き合いしないって決めてるんだ。それを破るほどの魅力をきみに感じない。悪いけど」

笑顔で冷たく突き放せば、その顔が泣きそうに歪んだ。それでも気持ちは動かない。

「はい。……ごめんなさい」

「気持ちは嬉しいよ。きっときみはいい女優になると思う。頑張って」

きついことを言ったのは、無駄な希望を抱かせないため。しかし遺恨《いこん》になってはまた頼が共演する時に困るかもしれない。フォローの言葉は頼のために足した。

「……はい。頑張ります」

取材前に鼻声にさせてしまった。しかしこちらの取材には差し障りないので問題はない。

そこに頼が部屋から出てきて、香本を見て驚き、そして微笑んだ。

「これから取材？」

「あ、はい」

「頑張ってね」

頼はいい笑顔で言ったが、香本はばつが悪そうにうつむいた。

きっと二股《ふたまた》をかけた気分なのだろう。結局どちらにも相手にされず、ダメージは倍。

「頼、次行くよ」

沈んだ香本の様子を見て、頼がなにか声を掛けようとした。それを阻止するために急《せ》かす。

この上気遣われるのは香本も居たたまれないだろうし、頼が社交辞令でも優しくするのは弱った女には効きすぎる。

「ああ、うん。じゃあ」

実のところ女に優しい声を掛けるというのが苦手な頼は、ホッとした様子で歩き出した。

「香本さんとなにか話してた？」

歩きながら頼が問いかけてくる。

「少しだけ」

「泣かした？」

「まさか。なんか鼻の調子が悪いみたいなことを言ってたよ」

「ふーん」

深く掘り下げないのは、それが嘘でもさして興味がないからだろう。素っ気なく冷たい態度を取る頼が興味を持つのは、芝居のこと以外では弟のことくらいだ。しかし自分からは意地でも連絡を入れないくせに、ずっと連絡がないと文句を言う。

こじらせすぎて面倒くさい兄弟だ。

鈴木にも姉と弟がいるが、ゲイだと知れた途端、疎遠になった。それでも特に困らないくらいに元より関係は希薄だった。

ごく普通の会社員家庭で、ごく普通に育ったのに、なぜ同性愛者なんかになるのか……全然理解できない、と言った姉の目は、まるで犯罪者を見るかのようだった。親には内緒にしておいてやるよ、と恩着せがましく言った弟の顔は、優秀だった兄を見下す喜びに満ちていた。

汚いものを見てしまった、と思った。

差別することに疑問すら抱かない、人を見下して優越感に浸る己を隠しもしない。自分が愚かで恥ずかしい内面を見せていることに気づいてもいない。こいつらと兄弟かと思うと実に残念だった。

だから喜んで距離を置いたくらいなのだが、そんなことにも気づいていないだろう。愚かで恥ずかしい弟であり兄だと今でも思っているはず。もう十年近く連絡を取っていないので定かにはわからないが。

そんな鈴木にとって向井沢兄弟の愛憎深い関係はとても不可解だった。頼は恵にコンプレックスを持っていて、冷たく当たるのに恵は頼を慕っている。恵を邪険にしながらも、なにかと気にかけている頼。親を亡くして自分が保護者だという責任感もあるのだろう。

しかし、男の恋人なんて恥ずかしいから別れろ、と言ったのは、責任感からよりも嫉妬の色合いが濃いように見えた。ずっと自分のものだった弟を、歳上の男という同じカテゴリーの奴に取られた。

恵を庇護《ひご》するのも愛されるのも自分。それを奪われて怒っている。

護ってやりたいという本心は隠し、差別を口にしてしまったことに落ち込む。そんな頼の内心が鈴木には透けて見えて、口の悪ささえも可愛く思えた。

真っ当で真っ直ぐな心。

たぶんそれを恵もわかっているから、冷たくされても邪険にされても慕っているのだろう。

切っても切れない兄弟の繋がりが、最近は羨ましく、そして妬ましく思えてきた。

もちろん頼と兄弟になりたいわけじゃない。疎遠になっている兄弟との関係を修復したいわけでもない。

頼と繋がるなにかが欲しい。

タレントとマネージャー、それだけでもいいのだけど、足りない気持ちがどんどん強くなっている。

これは駄目な兆候だ。わかっている。だから必死でビジネスライクに徹している。

なのに、これだ。

楽屋のソファに座って目を閉じている頼を見て、鈴木は眉間《みけん》に皺《しわ》を刻んだ。

頼は人がいるところでは寝ない。どんなに疲れていても、他人の前で気を緩めない。まるで武士のようだと思うことがある。

以前弟に聞いたところでは、頼は前時代的な祖父にかなり厳しく躾けられたらしい。男子たるもの人に弱みを見せるべからず――頼の行動の端々にそれを感じる。

しかし、ごく稀《まれ》にだがウトウトすることがある。それはだいたい鈴木と二人きりの時だ。

先日は髪を乾かしてやっている時にウトウトされて、なまじ触れていただけに変なことをしてしまいそうになって、声を掛けて起こした。

頼はハッと起きたが、照れ隠しなのか全裸になって着替えはじめて、平静を保つのに苦労した。

平然と裸になるのは頼が自分を意識していない証拠。そして信用している証《あかし》。ゲイだと言ってしまえば少しは意識するようになるのかもしれない。しかし受け入れられる可能性もないのに、警戒だけされるようになるのは割に合わない。

ここ最近は、朝から深夜までスケジュールが詰まっていて、空《あ》き時間にはジムにも通っている。疲れるのは当然のことだ。うたた寝くらいするだろう。

次の撮影開始まで三十分ほどあるから、寝られるのなら寝ておいた方がいい。こういう場合、自分はそっと楽屋を出ていくべきなのだろうが、その寝顔から目が離せなかった。

頼の瞳が普段いかに人を威圧しているか、目が閉じるとよくわかる。頼の寝顔がこんなあどけない少年のようだということを知っている人は、どれくらいいるのだろう。付き合っていた女性たちは知っているのだろうが、彼女たちはきっと頼の本当の姿を知らない。

見栄《みえ》っ張《ぱ》りで格好つけの頼は、今時流行《はや》らない「黙って俺についてこい」タイプ。それも根底に祖父の教えが染みついているせいなのかもしれない。

女性に甘えるなんて想像もつかなくて、子供っぽいわがままを言って困らせる、なんてこともしない。不満があったら言わずに遠ざけ、別れてしまう。

たぶん頼が子供みたいな我を張るのは、自分と恵にだけだ。

こいつはなにを言っても自分を嫌わない——その信頼を得るには時間と根気と、愛が必要だった。やっと得たそれを手放したくはない。このポジションだけは死守したい。

頼はソファの背に寄りかかり、腕を組んで首を右に傾《かし》げて寝ている。きつそうな体勢でもピクリとも動かない。完全に落ちているようだ。

無防備に小さく開いた口。その上唇がツンと尖《とが》っていて、それが子供っぽく見える原因なのだろうと気づく。こんなにも生の頼の顔をじっと見つめたことはない。寝不足でも色艶のよい肌は、触ってみろと誘っているようだ。

触ってみたい。口づけたい――。

心が前のめりになって、ジリッと足を後ろに引いた。触れたら終わりだ。止まらなくなる自分が容易に想像できる。

頼に秋波を送る者は、女だけでなく男も多かった。女も頼の益にならないと判断すれば遠ざけるが、男は問答無用で排除する。自分も例外ではない。いや、頼を傷つけるという点において自分ほど危険な人間もいない。

頼のためにも、自分のためにも、自分の中の邪《よこしま》な欲望は抹殺しなくてはならない。

しかし頼に、自分は愛される人間なのだと知ってほしいという気持ちもある。

頼はもてるのに、自分は人に愛されない人間だ、と思い込んでいる節《ふし》がある。自分が優秀な人間だと自覚しているにもかかわらず、人に好かれることに関してだけ、なぜかちょっと卑屈なのだ。

以前、恵が人々に囲まれているところを見て、あいつは昔から誰にでも愛される……と呟いたことがあった。その時の頼の表情が忘れられない。

羨ましそうで、恨《うら》めしそうで、でももう諦めている……そんな表情。羨望と劣等感。そんな顔を見たら抱きしめたくなる。俺がいる、と全身で愛を伝えたくなる。

その時は「頼には僕がいるだろ？」と冗談めかして言う余裕があった。

でも今は、冗談で済ませられる自信がない。

弟は愛されるが、自分は愛されない——という思い込みはきっと、子供時代に心に刷り込まれたもの。触れて愛を囁《ささや》く程度のことではきっと消せない。それくらいのことは多くの女性がしてきたはずだ。

愛されているという自信は、頼を今以上に輝かせるだろう。その姿を見たいと思いながら、それを頼にもたらす未来の誰かに激しく嫉妬する。

そんな人間は現れなければいい。

いや、自分がそれになればいい。

目を開けた頼と目が合った。

途端にその目力に気圧《けお》される。

「おはよう」

それでもにっこり笑って言えば、頼はムッと顔を背けた。

「人の寝てるとこ見てんじゃねえよ。なに観察してたんだよ」

しげしげと観察しているように見えたということか。気が抜けない。

「ガキみたいな顔して寝てるなあ、と思ってね。けっこう情けないから、あんまり人に見せない方がいいよ」

ついつい言ってしまう。本当はもっと気を抜いて、どこでも寝られるようになった方が頼の健康のためにはいいのに、他の人に見せたくない欲が勝った。

「うっせえ……」

ばつが悪そうな顔は、鈴木の言葉を真に受けた証拠。

「嘘嘘。可愛かったから大丈夫」

「うっせえよ！」

ほのかに耳が赤くて、本当に可愛くて仕方ない。「可愛い」が頼にとって褒め言葉ではないことは重々承知しているが、頼には可愛いという言葉が一番似合う。

悪い男に気を許してしまったものだ。人を見る目があるのか、ないのか。

絶対的に味方である、という意味では信頼は妥当だが、ずっと裏切ってもいる。

いつまでこのままいられるのだろう。タイムリミットはまだもう少し先であってほしいと、鈴木は笑顔の下で切実に願っていた。

◇

頼が中学三年生の時、祖父が死んだ。なにか重いものから解き放たれて、心も身体も軽くなったような気がした。

でもすぐにそれは錯覚だと気づいた。

染みついているのだ。脳の真ん中を今も支配されている。

もう自分の行動を見張り制約するものはない、両親にも自由にやっていいと言われた。のに、動けない。思うように動けないのではなく、思いが自由にならない。

それから脱却したくて、足掻いて、足掻いて、絶対にやってはいけないと思うことをしてみることにした。

街角でスカウトされたのを機に、芸能界に飛び込んだ。

自分に向いているとはまったく思えなかったが、それがよかった。

どうしてもこのまま祖父が敷いたレールの上を歩くような人生は送りたくなかったのだ。

まったく知らない、なんの縁もなかった世界。キラキラと浮ついた感のある芸能界は、祖父が軽蔑していた世界だった。生きていれば絶対に許さなかっただろう。

祖父の意に背く自分にわくわくしていた。それが転落への道だとしても、頼にとっては大いなる前進だった。

両親が事故死したのは、そうして歩きはじめた直後だった。これにはさすがにまいった。でも結局はそれで覚悟が決まった。

本当は大学に行きながら芸能活動もするつもりでいたのだ。合格したのが有名大学だったので、事務所もそれは売りになると兼業を勧めてくれていた。しかし両親が亡くなって、金銭的余裕がなくなり、扶養家族までできて、是が非でも成功しなくてはならなくなった。

父は祖父が亡くなってから、自由になった向井沢の土地や屋敷を抵当に入れて多額の借金をしていた。勤めていた会社を辞めて起業したのだが、お坊ちゃんの思いつきみたいな事業がうまくいくはずもなく、事故死も心中だったのでは？　という憶測も流れるくらい借金が嵩《かさ》んでいた。

借金のカタに祖父自慢の家屋敷も山もすべて持っていかれた。両親の死亡保険金はわずかな額で、葬式を出して二人で住むアパートを借り、恵の高校入学のいろいろを揃えたらなくなってしまった。

それからはとにかく必死だった。売れなくてはならない。負けられない。ただただ必死で周りのすべてのものと独りで闘った。闘う必要のないものまで無駄に攻撃した。

演技なんてしたこともなかったが、数ヶ月稽古したら、そこそこ演じられるようになった。デビューの大河ドラマはたいした役ではなかったのだが、馬を駆る硬派な若武者役が容姿にぴたりとはまり、あれは誰だ？　と話題になった。それからはトントン拍子に仕事が入り、順調に人気俳優への道を駆け上がった。

だけどずっと怖かった。上だけを見るようにしていたが、いつ足下が崩れるのかヒヤヒヤしていた。順調すぎたのだ。下積みがないということは、土台がないということ。自分を支える確かなものがなにもなかった。

技術も帰る家も、支えてくれる人も――。

一度主演ドラマの視聴率が低かっただけで、あいつはもう終わりだと言われた。しょせん顔だけ俳優、替えはいくらでもいる。そんな声ばかりが聞こえてきた。

その頃、高校を卒業した恵が、大学に行けという頼に初めて逆らい、革工房に就職すると家を出ていった。怒って「出ていけ」と言ったのは自分なのだが、まるで見捨てられたような孤独を感じた。

自分にはもう味方も護るべきものもない。仕事は減る一方。やさぐれて、イライラして、それでもなんとかしたくて。舞台の話が来たのは、精神的にどん底の時だった。

その舞台こそが転機になった。地に足着けて俳優の道を歩き出す起点になった。

そして鈴木との出会いが、頼の孤独な闘いを終わらせることになった。

感謝している。大いにしているのだが、ありがとうなんて言う機会はない。もし、主演男優賞なんてものをもらうことがあったら、その時に言ってやろう。と考えた途端、賞が欲しくなくなった。言いたくないのではなく、ただただ照れくさい。

「頼、あんまり眉間に皺を寄せてると、皺になるぞ」

まさか自分に礼を言うことを考えてこの顔なのだとは、さすがの鈴木も思うまい。

「おっさんになったら、偏屈親父《へんくつおやじ》ばっかりやる」

「偏屈親父なんて、これから需要は少なくなるばっかりだと思うけど？」

軽口を叩《たた》き合える人がいるのがありがたい。やっぱりありがとうくらい言ってやろう。主演男優賞をもらったら。別にいらないけど。

「鈴木……」

「ん？」

「おまえ、キス得意？」

「は？」

「別に詮索じゃないぞ。役者として訊いてるんだ」

「役者として？　キスが得意かって？」

「もういい。聞かなかったことにしてくれ」

鈴木の冷たい目を見て引き下がる。そもそもこんなこと訊いてもしょうがない。

先日、キスシーンがあったのだ。刑事ものの中のキスシーンだし、堅物の役だったので、不器用で本当に軽いキスだった。しかし相手が今をときめくアイドル女優だったため、けっこうなバッシングを受けた。

普段はネットの評価なんてあまり見ないし、見てしまっても気にしないのだが、ちょっと引っかかってしまったのだ。

『向井沢頼ってキス下手だろ』『いやらしさっていうか、色気がないよな』

いやいやあのキスはそういうキスだから……と、パソコンの前で言い返したのだが、どうやらそれ以前にやったシリアスドラマでの、すごくねっとりしたやつを見ての感想らしい。

そして思い出した。前に付き合った女性から、

「へえ、頼ってあんまり遊んでないんだ？　いいわ、私が本当のキス、教えてあげる」

と、言われたことがあったのを。

それはつまり、キスが下手ね、こんなキスしかできないの？　と言われたことに他ならない。あまりにショックでその後の彼女からのキスも、その言葉もきれいに記憶から消し去っていた。もちろんすぐに別れた。

教えてもらっておけばよかったのか。しかし、そう言われた時にはすでに経験もそれなりにあって、一度も下手だなんて言われたことはなかったから、自分ではそこそこうまいつもりだった。だから、ふざけんな、と思ってしまったのだ。

今さら不安になる。実は下手なのか。色気がないのか。そそられないのか。もしかしたら全国民が自分のことをそう思っているのかもしれない、と思うとゾッとする。

いや、この際、本当に下手なのかどうかはいい。うまそうに見えないこと、色っぽく見えないことが問題だ。爽やか系の役ならそれでもいいのだが、すぐこの後に遊び人の役がある。

貞操観念のない、道徳心も薄い、女好きのろくでもないチャラ男。しかし一度寝ると女は虜になってしまう、というなかなかイカレた設定。硬派のイメージをぶち壊すにはいい役で張り切っていたのだけど、撮影に入る直前でとんでもない問題にぶち当たってしまった。

色っぽくないなんて大問題だ。フェロモンだだ漏れ、という役柄なのに。

とりあえず、すぐにキスシーンがあるのでそれをなんとかしたい。

最前まで共演していた女コマシ役のゲイ、高野のことを思い出すが、なにせ刑事ものだったのでそんな色っぽいシーンはなかった。軽い役の参考にはなるが、参考にすると印象が似通ってしまうだろう。軽い役としては独自のものを作り上げる。それはできる自信がある。

問題はフェロモンだ。キスだ。色気だ。

演技の教えを乞う相手としては鈴木が一番近くて信頼できるのだが、鈴木のキスシーンは見たことがない。ただ、色っぽい役は見たことがある。普段の鈴木からは想像もできないゾクゾクする色気があった。

どんな演技だっただろう、と思い出そうとするが、曖昧な印象でしか残っていなかった。

鈴木以外に訊く相手は思いつかない。役者友達もいるにはいるが、同年輩には今さらそんなこと訊きづらい。いっそ前に教えてくれると言っていた彼女に……いやそれも無理だ。いきなり別れを切り出されてけっこう怒っていたし、連絡先も消した。

不意に思い出したのは、弟……の男。弟に訊くなんてプライドが許さないし、うまいとも思えない。しかしその恋人……だと主張する男は、かなりむかつくがうまそうな感じがする。

しかしもちろんお願いなどしない。どうせニヤニヤ笑いながら断られるに決まっているし、断らなかったら殺す。ので、訊く必要もない。

困っている間に時は過ぎ、今日はこれからそのドラマの最初の撮影で、問題のキスシーンはもう明日だ。

「頼、どうした？　最近なんか考え込んでるけど」

現場へと移動する車の中、鈴木が運転しながらバックミラー越しに問いかけてくる。

「え？　ああ……難しい役だからどう演じようかといろいろ考えてるだけ」

嘘ではない。車の中ではいつも頭の中で役を反芻《はんすう》している。どう演じればいいのか。今回はちょっと悩みどころが違うけれど。

「あんまり考え込まない方がいいよ。確かに頼には難しい役だと思うけど」

その言葉に少しカチンと来る。

「それはどういう意味？」

「深い意味はないよ。ただ……頼はもてるけど、プレイボーイではないからねえ」

「フェロモンが足りないと？」

「いや、フェロモンはあると思うよ。ただ、管理されすぎちゃって出てこないっていうか……まあ、だだ漏れってことはないよね」

こっちがイライラしているのを見抜いても、まるでマイペースに言いたいことを言う。

「くそ。おまえに言われたくない」

「フェロモンなんて、無駄に振りまいてもしょうがないでしょ？」

「なんだよ、出そうと思えば出せる、とでも言う気か？」

「さあ、どうかな。……頼は役に集中すればきっと出せるから、考えすぎない方がいい」

鈴木がそう言うのならそうなのかもしれない、と思うのだが、問題が解決しないと集中もできない。

男の色気。色っぽさとはなにか——。台本には、一夜の遊びでもかまわないから抱いてほしいと乞われる男、と書かれていた。

そんな男、見たことがない。芸能界にはけっこういそうなものだが、自分が男だから気づかないだけなのか……少なくとも自分は乞われたことがない。

今度演じる正宗渉《まさむねわたる》は探偵だ。色仕掛けで情報を集めることもあれば、女に手助けしてもらうこともある。飄々《ひょうひょう》と生きていて摑みどころがない。しかし、主人公であるおっさん探偵にだけ、時折むき出しの敵意を向ける。主人公の過去に絡む重要な役だ。

出番はそれほど多くないが、この役が魅力的でなければ、ドラマ全体が味気なくなってしまう。

責任重大。絶対に失敗はできない。プレッシャーは半端ない。

知らず溜息が漏れる。

「頼、着いたよ」

「え？　あ、ああ」

車を降りて歩き出す。今日はテレビ局の屋内セットでの撮影。地下の駐車場から歩いて局内に入る。

頼はどこに行くにも下手な変装はしない。服装もボタンダウンのシャツにジャケット、ジーンズといたって普通。いいものを着るようにはしているが、ブランドなど特にこだわりはない。姿勢よくしていれば、服も人もそれなりに見えるものだ。

しかし、姿勢のよさは人目を引く。背が高いせいもあるだろう。街中で見つかることも多いが、キャーキャー言われはするけれど、あまり近づかれない。笑わなければ、機嫌が悪いのかと遠巻きのまま。

これは学生時代もそうだった。睨んでいるつもりはないのだが、目が合うと相手が先に逸らす。子供の頃から親しみやすいという評価はあまりもらったことがない。

自分が安全な場所にいる時は、ファンサービスで微笑んでみたりもするが、基本的には無表情。街中で愛想がないのは普通だろう。

だから局の廊下でも無表情のまま。鈴木と並んで歩いていると、女性が三人立ち止まって、そわそわした様子でこちらを見ているのに気づいた。首から入構証を提《さ》げているから、誰かの知り合いで見学に来て、芸能人を見つけた、とかそんなとこだろう。

話しかけてはいけないとでも言われているのか、じっとこちらを見ているが、握手してくれとかそういうことを言ってくる気配はない。しかし視線は無遠慮で、動物園の虎にでもなった気分だ。

いつもなら鈴木を楯《たて》にして視線をやり過ごすところだが、ちょっと思い立って、軽く手を挙げ、にっこり笑ってみせた。

途端に彼女たちは手を取り合って、声にならない悲鳴を上げる。

「頼、なにかした?」

女性たちの前を通り過ぎて、鈴木が訝《いぶか》しげに問う。

「ん? ちょっとチャラチャラしてみようかと。さすがに初対面で、ハイ、ハニーとは言えなかったけど」

「今度の役は厄介《やっかい》だな」

鈴木は迷惑そうに言った。

そういう役なのだ。世界の女子はみな僕のもの。目が合ったら声を掛けるのが礼儀、みたいな恐ろしく軽い男。なぜそんなことをするのか、頼にはさっぱり理解できない。

廊下を曲がったところで、視線の先にある男を見つけ、頼は足を止めた。にわかに緊張する。向こうもこちらに気づき、頼は足早に近づいた。

「やあ、頼くん。久しぶりだね」

「内田《うちだ》さん、お久しぶりです。今回はどうぞよろしくお願いします」

きっちり頭を下げる。

「そんなにかしこまらなくて大丈夫だよ。僕は優しい先輩だからね」

「はい、存じております。大河の時には大変お世話になりました。内田さんは覚えてらっしゃらないと思いますが」

内田朝樹《ともき》は今回のドラマの主役で、頼にとっては憧れの俳優だ。デビュー作の大河ドラマ以来、二度目の共演だが、前の時の自分は名も知れぬ役者のひとりでしかなかった。頼には優しくしてもらったという記憶があるが、当時すでにトップスターだった内田が覚えているわけもない。

「いやいや、覚えてるよ。この子は売れるだろうなって思ってたから。だから優しかったんだよ、下心ありありだよ」

冗談を言って笑わせる。誰に対してもそういう気遣いができる人だった。

内田は頼より十歳上の三十八歳。デビューの頃には正統派二枚目と言われた整った顔も、二十年のうちに目尻に皺が増え優しい印象になった。身長は頼より若干低く、細身に見えるが、学生時代はラグビーをやっていたという首や腰は今もしっかりしている。

右の髪を後ろに流し、左の前髪を下ろしたヘアスタイルは、その頃から変わらない。しかしそれは普段のスタイルで、役に入ると髪型も顔つきもガラリと変わる。映像でしか内田を知らない人は、コロコロ印象が変わる人だと思っているかもしれない。

それでこそ役者だと思うのだ。

「その節はお世話になりました」

「うん。なんかこう……大きくなったね」

「え？　いえ、大きくはなってないと……、歳は取りましたけど」

身長はほとんど変わっていない。体重は筋肉が増えた分重くなったが、見た目はあまり変わっていないはずだ。

「いやいや大きくなったよ。昔はなんかヒョロッとして、尖ったナイフみたいな感じだったから」

「す、すみません。尖っていたのは幼さだったと、忘れていただけると助かるんですが」

昔のことはあまり思い出してほしくない。デビュー当時なんて、若気の至りの塊《かたまり》みたいな頃だ。思い出せば恥ずかしくて消え入りたくなる。

「いやいや、あれはあれでよかったんだよ。僕ら歳上にはあの頃も丁寧だったけど、同年代相手だと途端にピリピリしちゃって。負けねえぞ！　って、むやみやたらと周囲を威嚇してる感じがなんか、欠食児童みたいで応援したくなった」

「欠食……」

まだ尖ったナイフの方がマシだった。

確かにあの頃は、負けるもんか！　と思っていた。同年代なんてみんな敵だと思っていた。しかし、俳優として大成したいという気持ちより、恵に格好悪いところは見せたくないという気持ちの方が強かったかもしれない。なんにせよ、子供だったのだ。

「いやでも本当、いい男になったよ」

内田は目を細めてしみじみと頼を見つめる。親戚《しんせき》の叔父《おじ》さんに成長を褒められているようだが、相手は憧れの俳優だ。やたらと男前で、まともに見つめ合うなんてできない。

「そんな年寄りみたいな言い方しないでください。内田さん、まだ若いんですから」

「いやいや僕なんてもうおっさんだよ、おっさん。台本にもいっぱい書いてあっただろ？」

「役に入ったらちゃんとおっさんになるんでしょうけど、普段の内田さんはおっさんって感じじゃないですよ」

「まだお兄さんでいける？」

「もちろん。俺は内田さんとの共演を楽しみにしていたんです。足を引っ張らないよう頑張

りますので、どうぞよろしくお願いします」

「こちらこそ。いつもとまったく違う向井沢頼が見られるのを楽しみにしているよ。きみがフェロモンまとうとどうなるのかなあ」

期待に満ちた目で見られて、目が泳いだ。

「どうしたの？」

「いえ。ご期待に添えるよう頑張ります」

ここまで来てまだ役を摑みかねている、とはとても言えなかった。フェロモンを早急になんとかするしかない。

「初めまして。私、向井沢頼のマネージャーをしております、鈴木と申します。どうぞよろしくお願い致します」

窮地を察したわけでもないのだろうが、頼の斜め後ろで待機していた鈴木が、名刺を手にズイッと前に進み出た。

「ああ、マネージャーさんね。よろしく」

内田はにこやかに名刺を受け取ったが、またすぐに頼に視線を戻した。

なんだかすごく見られている。ちょっと居心地が悪い。

「申し訳ありません、頼はまだ支度《したく》がありまして……失礼させてもらいます。また後ほど」

内田が立ち去ってくれるのを待ったが、その気配はなく、仕方なく鈴木がそう切り出した。

内田は「はいはい」と応じたが、変わらず頼の顔をじっと見つめている。頼は営業的笑顔を浮かべて頭を下げ、その場を後にした。

楽屋に入ってホッと息をつく。

「内田さんってあんな感じの人だっけ？　なんかすっげージロジロ見られたんだけど」

優れた役者で優しい人だと記憶しているが、人となりを詳しく知っているわけではない。

「気に入られたんだろうな。けど……」

「けど？」

問い返せば、鈴木は珍しく眉間に皺を寄せていた。頼の顔をじっと見て溜息をつき、口を開く。

「いや。相手は主役だ。気に入られるのはもちろんいいことだ。でも、あまり仲のいい役じゃないし、親しくなりすぎない方がいいんじゃないかな」

「まあ……そういうのはあるけど、今回はほら、過去は仲がよかったけど今は犬猿、でも内心では憎からず……って設定だし。俺は役に入ればすぱっと気持ちの切り替えできるし」

「それ、冗談？　そんなに器用じゃないくせに。親しくなりすぎると、切り替えに余計な神経使わなきゃならなくなるよ」

見抜かれている。なんでも器用にこなすと思われているのはしんどいこともあるが、不器用だと見抜かれているのは悔しい。努力は人知れずするから美しいのであって、気づかれるのは無様だ。

「別に、楽勝だし」

「ふーん。まあそれならいいけど」

あっさり引き下がられてまたイラッとする。強がりすら見抜かれているのか、おまえのことなんかどうでもいいけど、なのか。どっちにしろむかつく。

しかしそんなことよりも、フェロモンだ。色気だ。いったいどうやったらそんなものが醸《かも》し出せるのか。

まず問題はキスシーン。第一話で正宗が登場してすぐのキャラクターを印象づけるシーン。ト書きには、女の腰を慣れた感じで抱き寄せ、色っぽくやや強引にキス――と書かれている。

こういうのは困る。いったいどこまでやっていいのか。

役に合うように明るく染めた髪をラフにまとめてもらい、メイクをして衣装を身につける。準備している間もずっと、初めてのデート前の中高生のように、キスのことばかり考えていた。しかし考えれば考えるほど迷宮に入り込む。鈴木の言う通り、あまり考えすぎない方がいいのかもしれない。

今日はCM用のスポット撮影が主で、第一話の冒頭部分を撮ることになっている。頼は内田演じる遠野《とおの》との顔合わせシーンだけだ。

普段は明るくチャラく飄々と、しかし内田の顔を見た途端に視線が尖る。

「頼くん、いいね。チャラチャラしてるの見たことなかったけど、いけるね！　普段はそうなの？」

演出家に言われて苦笑いする。

「いえいえ。俺の中にはまったくないチャンネルですよ。でも、ありがとうございます」

「明日もその調子で、女ったらしぶりを発揮してね。やっちゃっていいから！」

「はあ……わかりました」

なにをやっちゃっていいのかはわからないが、たぶん遠慮しなくていいということなのだろう。あんまりやっちゃわないで、と言われた方が頼としてはありがたかった。

「浮かない顔だね。褒められたのに」

演出家が離れていくと、内田が近づいてきた。

「俺って女たらしに見えます？」

話を聞いていたらしい内田に苦笑いで尋ねる。

「まあ……いい男はたいがい女たらしに見られるものだよ。僕も結婚するまではよく言われたからねえ。すごく真面目だったのに」

内田は十年くらい前、今の頼と同じくらいの歳の時に女優と結婚して、おしどり夫婦と言われていた。しかし、一昨年《おととし》に妻を病気で亡くしている。

「俺も真面目なんですよ、わりと」

「その浮かない顔は明日のキスシーンのせい？」

ズバリ言われて、しらばっくれる気になれなかった。

「ええ、まあ」

「でも今までだってキスシーンはたくさんやってきたでしょ？　僕も何度か見たことあるよ」

「どう思いました？　俺のキスシーン。エロくなかった……ですか？」

「ん？　なに、エロくないとか言われちゃったの？　そんなことないと思うよ」

「そう、ですか。ありがとうございます」

「納得してない顔だね。でも、エロいキスシーンなんて僕にもよくわからないよ。どう感じるかは人それぞれだし。そのキャラらしければＯＫだよ」

「はい」

慰めてもらった。以前、内田が演じていたキスシーンを見たことがあるが、滴るような色気があった。

――そうか、ああいうのを見て研究すればいいのか。

思い立って、フッと笑顔になる。

「ありがとうございます。俺は今日もう終わりなんで、お先に失礼します。また明日」

早速ＤＶＤを買って帰ろうと、すっかりそちらに意識が行ってしまった。

「はいはい。また明日。きみはなんかこう……可愛いね」

笑顔がいい、と言って、内田は頼が下げた頭をポンポンと叩いた。

「え!? あ、どうも……」

褒め言葉なのかもしれないが、まったく嬉しくない。自然に眉間に皺が寄る。いかに尊敬する先輩俳優でも、可愛いと言われて喜べるほど可愛い性格はしていない。

しかしさすがに手を払いのけることはできず、されるまま。優しい目で見られるのが居たたまれない。

「頼、次行くよ」

鈴木の声にビクッとした。見られたばつの悪さもあったが、鈴木らしからぬ強い口調に驚いた。こういう失礼な割り込み方をしてくるのは珍しい。

「あ、うん。じゃあ、お先に失礼します」

内田にもう一度頭を下げ、そそくさと背を向けた。居心地の悪さを察して声を掛けてくれたのかもしれない。なんにせよ読みの鋭い男だから。

「なんか急な仕事でも入ったのか?」

鈴木のそばに寄って問いかける。

「いや」

「なんか今、感じ悪くなかった?」

「そう? まあ、僕にも虫の居所が悪い時くらいあるよ」

「へえ。なにがあった？」

　そういう時こそニコニコ笑っているタイプだと思っていた。余程腹に据《す》えかねることがあったのかと、深く考えずに問いかけると、冷たい視線が返ってきた。

「頼には関係ないことだよ」

　きっぱり突き放され、シャッターが下ろされる。プライベートなことなのか、頼が知る必要のない仕事上のことか。拒絶されれば、踏み込む権利はない。

「あ、そ」

　二人して不機嫌に帰路に就く。

「あ、どこかＤＶＤ売ってるところに寄って。買いたいものがあるんだ」

　運転している鈴木に後部座席から言った。鈴木と車に乗る時は必ず後ろに座らされる。助手席が一番危ないから、というのがその理由だ。

「なんのＤＶＤ？」

「映画。内田さんが出てる『椿小路』だっけ。あのちょっとエロいやつ。他にもそれ系のを何本か」

「それを見てキスの勉強？」

　あっさり見抜かれる。さっきの会話が聞こえていたのかもしれない。

「そうだよ、悪いか。役に入り込んでも、開ける引き出しがなきゃ、できないこともあるんだよ」

ムキになって言い返したが、鈴木はそれっきり黙り込んでしまった。どうやらものすごく虫の居所が悪いようだ。こんなに不機嫌なのはちょっと見たことない。

鈴木は無言のまま車を走らせ、どこの店にも寄ることなく、自宅マンションに到着してしまった。それならそれで、オンラインでなんとかするという手もある。文句を言うよりその方が楽で、なにも言わなかった。

普段従順な人のちょっとした反乱は、なんだかとても心臓に悪い。こっちも不機嫌オーラなど発してみるが、心はたじろいでいる。

嫌われたんじゃないか、嫌われるんじゃないか……そんな恐れはいつも心のどこかにあった。特に親しくない人なら別にいいのだ。人に嫌われるのなんて、珍しいことじゃない。そもそも人に好かれるタイプの人間ではないから。でも鈴木に嫌われるのはきつい。

そう思っているのなら、下手に出たり、素直に感謝したりすればいいのだが、それをせずにいられるからこそ鈴木は特別なのだ。

「頼、部屋に寄ってもいいか？」

「え？　ああ、いいけど」

不機嫌ならさっさと帰ってくれた方がいいのだが、なにか言わずにはいられないことがあるのかもしれない。嫌だなあと思いつつ、一緒にエレベーターに乗り込んで二十階まで上がる。

空気が薄い気がする、と言ったのは恵だったか。そんなはずはないが、気持ちはわかる。引っ越すたびに高いところを選んだ。単純に高いところが好きだというのもあるが、外に人が見えないのが一番好きなところだ。息苦しく感じるのは空気が薄いからではなく、ここが人が生活するに適した高さではないからだろう。

基本的に自分は人間が嫌いなのかもしれない。近寄るなと思っている。誰も近づいてこられない高さは安心だ。ミニチュアみたいな道行く人を見下ろして、高慢な人を演じる。

ひとりでも寂しくはない。煩わしい人間関係に悩まされるよりずっといい。

玄関を入って廊下を真っ直ぐリビングへ。鈴木がこの部屋にいるのは珍しいことではなかった。合《あ》い鍵《かぎ》も持っている。ロケ用の荷造りや荷解きなんていうマネージャーの仕事とも思えないことまで、鈴木は当然のようにやってしまう。

ここまで頼の生活に入り込んだ人はなく、それを失うのはたぶんものすごい痛手になるだろう。

本来、頼自身は几帳面《きちょうめん》で、自分のことはなんでも自分でやる。そういう世話焼きは煩わしいばかりなのだが、鈴木は煩わしいと思う前にやってしまっていて、いつの間にかそれが普通になってしまった。

今もさも当然のようにキッチンに立っている。

「紅茶？」

「ああ、うん」

外では缶コーヒーばかりだが、家では緑茶か紅茶。翌日に収録がある日はアルコールは飲まない。特に明日はキスシーンがあるので臭《にお》うもの厳禁。

キスシーンのことを思い出せば気分が落ち込んだ。大型テレビの横にある戸棚の扉《とびら》を開け、中にあるＤＶＤを物色する。ここには自分の出演作やもらったもの、お気に入りなど、三百は軽くある。

内田主演の「椿小路」は、作品自体はあまり好きではなかったので、たぶん買わなかった。他にキスシーンが印象的だった作品をピックアップする。しかし自分の嗜好《しこう》傾向として、エロいとか艶っぽいとか評価されている作品は少なかった。

見るだけならほのぼのほんわかした作品が好きだ。しかし出るなら濃厚で重いのがいいし、演じるなら自分とは正反対の弾《はじ》けた個性的な人間がいい。

自分を地味だとは思わないが、常識人だとは思う。それでいいのに、はみ出したくなるのはきっと未だに祖父の呪縛《じゅばく》を感じているから。

役者になった時点で祖父の意に大きく背いている。もう呪縛なんてないし、今では教えられたすべてが間違いだったわけでもないと思えるようになった。

質実剛健。人に弱みを見せず、常に人の上を目指せ。武士たるもの、男たるもの、そんな言葉が必ず頭に付いた。

今でも自分の基本はたぶんそれだ。そしてそれは悪いことではない。でも役者として弾けようとする時には、強力なブレーキになる。

チャラい男。服を替えるように女を替え、着飾るように女を抱く。優しいがだらしなく、けっこう狡猾《こうかつ》。祖父の教えとは対極だ。

溜息をついて、不倫ものとして騒がれた映画を手に取った。情念が絡みつくようなベッドシーンが話題になり、芸術と官能は両立すると絶賛された。キスシーンも当然あるだろう。

「頼？」

「へ？　あ、びっくりするだろ、足音忍ばせるなよ」

「別に忍んでない、頼がボーッとしてただけだろ。……で？　それを教材にするつもり？」

鈴木は頼の手にあるＤＶＤを見て言った。

「なんかまずい？」

おまえが店に寄ってくれなかったから……と、非難がましく見る。

「別にまずくはないけど……気に入らないな」

微笑んでいるけど、目が笑っていない。紅茶は入れるくせにまだ不機嫌なようだ。

「なにが気に入らないんだ？　これって……。まあ、詳しい内容は覚えてないいんだけど」

「内容のことじゃない。そうじゃなくて……」

鈴木は頼の手からケースを取り上げ、テーブルの上に置いた。湯気を立ちのぼらせるティーカップもそこに置かれている。

「なんで今回はそんなに焦ってるの？　確かに頼とはかけ離れた役だけど、僕はやれると思ってるよ」

笑っていない目がスッと細くなって正面から見つめてくる。冷たく感じるほどの無表情。なのになぜか瞳が熱っぽく見えてソワソワしてしまう。

「キスが下手だって……」

頼は渋々口に出した。

「女に言われた？　でも最近は付き合ってる子って……」

「女じゃない。ネットの掲示板みたいのがたまたま目に入って、エロくないとか色気がないとか書かれてた」

「そんなどこの誰ともわからない奴が垂れ流してることなんか、気にするだけ損だよ」

「わかってる。でも、俺もそう思うところがあったから……」

「ふーん。それで内田さんの演技を見てお勉強？　まあ確かにあの人ちょっとエロいけどね。ねえ、なんでいつもみたいに、僕に教えてって言わないの？」

鈴木の無表情は変わらないが、どんどん口調がきつくなって、威圧感も増していく。

「それは……、ちょっと言いづらかったっていうか……。それに鈴木、キスシーンとかあんまり得意そうじゃないし」

「ふーん。つまり僕を侮ってるわけだ。脇役専門はキスシーンなんてしたことないだろうって?」

「いや、そういうことじゃなくて」

それで怒ってるのか? キスシーンの教えを乞わなかった理由を勝手に推測して? いやしかし、鈴木はその程度のことは劇団員時代から言われ慣れていて、笑顔と嫌味で言い負かすのを楽しむくらいのことはやってのける男だ。

「確かに僕はキスシーンなんて数えるほどしかしてないよ。内田さんみたいな色気もない。でもそれは演者として。見る目と見せ方に関してはそれなりに自信があるよ。ことさみに関してなら、誰にも負けないと自負しているけど……どうする? 内田さんのＤＶＤなら、うちにあるから持ってきてあげてもいいけど」

鈴木が遊び人でキスがうまいのだと言われても信じられないが、演技の研究の成果としてうまいやり方を知っているというのなら、それは素直に信じられる。

「ご意見、伺いたい、です」

演技に関しては、元々鈴木は師匠《ししょう》であり、下手に出ることもやぶさかではない。キスシーンということで、ちょっとした照れやプライドが邪魔をしたが、鈴木の意見は一番聞きたいところだ。

鈴木は頼の前に立ち、うっすら笑った。

「ドラマのキスシーンなんだから、そんなに気合いを入れる必要はないよ。あまり濃厚でもNGだろうし。遊び人らしくうまそうに見せればいいだけ。本当にうまい方が相手の女優は助かるかもしれないけどね」

「だからその、うまそうに見せるっていうのが難しいんだろう。俺は……あまりうまくないらしいから」

「それ、誰が言ったの？　ネット情報？　内田さんはそんなことないって言ってくれたじゃない」

やっぱり聞いていたらしい。しかしあれは下手ではないという意味であって、うまいと言われたわけではない。

「昔、女に……」

「それってプライベートだよね？　そんなの気にすることないのに。男前にテクがないなんて、お約束でしょ」

「おま、今さらっと肯定したなっ。……でもそんなのはいいんだ。付き合ってる女に下手だって言われることより、観てる人にあんなキスじゃ……って興ざめされる方が嫌なんだよ！俺が知りたいのは、キスひとつで女を虜にする男のキス。そう見えるキスだ」

プライベートで下手だと言われたことが不安を煽《あお》ったが、うまく演じられれば実際のキスが下手だと言われてもかまわない。女を満足させられなくても、観客を騙《だま》せたらいい。男としてのプライドより、役者としてのプライドが圧倒的に上なのだ。

「もてるのに、付き合っても長続きしない理由がわかるね。女より芝居。でも僕は、頼のそういうところ好きだよ」

鈴木はフッと笑って一歩近づき、頼の頬に手を当てた。

触れられてドキッとする。目線の高さはほぼ同じ。じっと目を見つめたまま、鈴木は片手で自分の眼鏡を外した。

見慣れない鈴木の顔。見慣れない表情。もうすでに少し色っぽい。

「色っぽく見せるのに大事なのは、視線だ。普段の頼は真っ直ぐに相手を見るけど、役に入ってる時はわりと上手に視線を使ってるんだよ。だから僕は、できるって言ったんだけど……。不安なら、少し意識してやってごらん。正宗はいつも笑顔だけど、女性を見る時には視線を柔らかくして。顔が近づいたらほんの少し顎を上げ気味にするんだ……カメラに顎のラインを見せる感じで。口の端を上げて、そして優しく見下ろす……」

鈴木は頼の顎を持ち上げて指導しつつ、自分もやや顎を上げ、伏し目がちに頼を見下ろした。笑顔は優しいのに、斜め上から睥睨《へいげい》されると冷たく見下されてる感じで、ゾクッとした。

このアンバランスさが色気なのだろうか。色っぽさというのは不安定さが呼び起こすものなのか。

頼は唾《つば》を飲み、鈴木の表情を少しも見逃すまいと見つめた。

鈴木の目がスッと細くなって、口元へと視線が落ちる。それはまるで猛禽類《もうきんるい》が標的を定めたかのごとくで、次の瞬間には滑空し獲物を捕えた。

頼の視界は鈴木でいっぱいになり、柔らかなものに唇が包み込まれる。

（ん？　……な、に⁉）

思わず突き飛ばそうとしたら、逆に腰を引き寄せられた。強引な口づけはしかしとても優しく、唇を味わうように緩く頭を上下させながら、徐々に頼の顔は仰向《あおむ》かされる。

ここまではまだ、なるほど……と思う余裕があった。

女性を仰向かせることで主導権を握っているように見せ、遊び慣れた感を出す。強引だけど優しい、二面性は正宗のキャラクターに合っている。

しかし、無防備に開いていた唇の間から舌が侵入してきて、ややパニックに陥る。

（そ、そこまで⁉）

抗議しようにも、声を発することができない。口蓋《こうがい》を舐《な》められ、舌を舌で搦《から》め捕られる。弱いところを舐められるたび、ビクッと反応してしまい、恥ずかしくて逃げようとするが、さらにそこを攻められる。

実技指導……にしても濃厚すぎる。激しすぎる。これでは恋愛映画のクライマックスか、ベッドになだれ込む前のキスだ。登場のライトなシーンでこんなキスをしたら、相手の女優側からも監督からもクレームを食らう。

身体に力が入らなくなってきて、本気で慌てる。このままじゃ、腰砕けを実践してしまいかねない。強く胸を押して鈴木の身体を突き飛ばした。

鈴木が一歩退き、やっと自由を取り戻す。

まず目で抗議した。実のところ、息が上がってすぐに声が出せなかったのだ。

「そんな可愛い顔しちゃ駄目だよ、頼。もっとしたくなるから」

クスッと笑われてムッとする。鈴木はまったく余裕だ。

「ふ、ふざけんな！　可愛いってなんだ、俺は怒ってんだよ！」

「怒った顔が可愛いんだよ」

「な、俺は睨み効くって、凄《すご》まれたらすっげー怖いって言われてんだぞ！」

「もちろんそれは知ってるけど……。可愛いって、内田さんにも言われてたよね？」

「それは……たぶん、内田さんから見ればひよっこだってことだろ」

言い返して睨みつけるが、今日の鈴木はやっぱりどこかおかしい。また急に不機嫌になった。目つきは鋭いが口元には笑み。その目を隠すように眼鏡が掛けられると、唇がいやに目を引いた。濡れているからだ。

黒縁眼鏡と濡れた唇。そこにもアンバランスが現れて、ドキドキする。

あの唇を濡らしたのは自分だ。自分の唇もそうなっているのかと、隠すように横を向き、唇を拭《ぬぐ》った。

顔が火照《ほて》ってしょうがない。こんなキスはしたことがない。たぶん自分はキスというものを馬鹿にしていた。鈴木より女にもてると思っていたし、キスだって自分の方がうまいと根拠もなく思っていた。どんなことも向上心なくして上達はない、らしい。

「気持ち悪かった？」

そう訊かれて初めて、自分が男とキスをしたのだという事実に気づいた。

「わ、悪いに決まってるだろ！　男とキスなんて。それもこんな……」

「こんな？」

腰が砕けそうなキス、とは、プライドが邪魔して口にできない。気持ち悪さなんて本当は感じている余裕もなかった。頬がカッカするのは怒りのせいだと必死で自分に言い聞かせる。

「キスなんて相手が男でも女でも大差ないよ。男とキスしたのは初めて？」

「当たり前だろ」

「そのうち男と、って役も来るかもしれない」

「役ならやるさ。それがその作品に必要だと思えば」

演じるのであれば男とキスするくらいなんでもない。たとえ相手が鈴木であっても……と考えて、もしかしたら鈴木が一番やりにくい相手かもしれないと思った。

「それならこれも芝居のためだと思えばいい。キスの引き出しが欲しかったんだろ？　あんまり深刻に悩んでたから、協力してあげたんだけど」

「はあ？　実技なんて頼んでないし。そもそもディープキスって……」

「まあちょっと途中から、ウブな女の子にキスしてるみたいに錯覚して、楽しくなっちゃったのは悪かったよ」

頼が怒るとわかっていながら、澄ました顔してそんなことを言う。キスくらいでギャーギャー言うのは確かに小娘のようだが、言わずにはいられない。

「誰がウブな――びっくりして固まっただけだから！　んなことすると思わないだろ⁉」

言い返してから、鈴木にはゲイ疑惑があることを思い出した。男とのキスに慣れているのかもしれない。これくらい、なんてことないのかもしれない。

そう思うと急に怒りの種類が変わった。腹の底からなにか黒い感情が湧き上がってきてイライラする。しかしこれがどういう感情なのかよくわからない。

「親切に余計なご指導までいただき、誠にどうもありがとうございました！」

自棄くそで礼を言って終わらせる。そこを深く掘り下げるのはやめた。

「内田さんの『椿小路』、うちにあると思うけど持ってくる？」

改めて訊かれたが、もうそういう気力はなかった。

「……もういい」

「じゃあ明日は朝九時に迎えに来るから、ゆっくり休んで。大丈夫、難しく考えなければやれるよ、頼なら」

最後は爽やかに笑って帰っていった。

「くそう、鈴木のくせに……」

侮っていた。よく考えれば、鈴木は地味だが整った顔をしていて、性格も穏やかで頭もよく、劇団員たちはみな鈴木を慕っていたし、頼っていた。結婚するなら鈴木くん、と言われていたのも知っている。

本当にもてる男というのは、鈴木のようなのを言うのだろう。自分がもてるのは表面的なものだ。

顔がいいと遊んでいるように思われ、でも男前はキスが下手だという定説もあるという。顔がよくていいことなんてあるのだろうか。

せめて役者として画面を華やかにできるという利点だけでも活かしたい。

しかし鈴木という男はなんなのか。プライベートは詮索しないと約束したから、頼が知っている鈴木のプライベートは劇団時代のものだけだ。その頃は真面目な男だと言われていたはず。わからないように遊んでいたのだろうか。別に遊ばなくてもキスがうまくなるのは可能だろうけど。

悔しいが、今までしたどんなキスよりドキドキした。

しかしそれはきっと、初めての「される」キスだったからに違いない。慣れないことをされて細胞が慌てたのだ。ザワザワして、指先まで痺《しび》れたようになって……。

思い出すとなにかイケナイ熱が集まりそうになる。

冷静になろう。あれは指導だ。このドキドキを、鈴木に感じた色気を、相手役に、そして視聴者に伝えられるよう、反芻して分析し実行しなくてはならない。

台本に書かれていることと重ね合わせ、頭の中でシーンを作ってカメラを回す。

演じているうちに、いつしか不安は消えていた。軽くてチャラい遊び人を演じるのが楽しくなる。キスだって楽しめる気がする。

早く明日が来ないだろうか。みんなに見てほしい。そんなことすら考えていた。


キスシーンが終わった。夢中だったけど、わりとよくできたような気がする。

周囲を見回せば、みんなが自分を変な目で見ていた。監督よりも先に鈴木を目で探す。

「頼くん……なにがあったの？」

監督が声を掛けてきた。

「え、なにが、といいますと……？」

なにかまずかったのかと恐る恐る問い返す。

「いや、見たことがなかったから。こういう向井沢頼は。なんていうかすごく……エロ格好よかったよ。本当、きみの目はいいねえ。自在だねえ」

「ありがとうございます」

褒められてものすごくホッとしたのだが、きわめてクールに応える。

今回のこの評価は半分くらいが鈴木のおかげだ。しかし、参考にしたのは視線や表情といったことだけ。キスは断じて参考にしていない。あんなキス、できるはずがない。

キス自体はライトに済ませたが、される側の気持ちがわかったことで優しいキスができたような気がする。つまり、半分どころかほぼ全部鈴木のおかげだ。

見えるところに鈴木の姿はなかった。とりあえず楽屋に戻ろうと歩き出せば、大道具の女性スタッフと目が合った。彼女はいつも元気で、演技にも俳優にも特に興味はなく、セットの出来だけが気になるという職人なのだが、頬を染めて目を逸らされた。初めて男として認識してもらえたように感じて嬉しくなる。

どうやらフェロモンだだ漏れは実践できたようだ。

上機嫌で楽屋に戻ると鈴木がいた。

「見た?」

褒められる気満々で声を掛ける。

「ああ、見たよ」

でも鈴木は難しい顔をしていた。まさかまだ機嫌が直っていないわけではないだろう。朝はいつもと変わりなかった。

「なんだよ？　なにか不満なのか？　監督にはエロ格好よかったって、褒められたぞ」

なんだかんだ言っても、一番褒めてほしい人なのだ。実はいまいちで、褒められたのは監督のリップサービスだったのかと急に不安になる。

「ああすごくよかったよ。すごく……」

褒めてはくれたが、どこか上の空だ。目を合わせようとしない。

「なんだよ、なにか悪いとこがあったなら言えよ」

目の前に立って、挑むように言った。鈴木はお世辞を言わない。しかしこんな歯切れの悪い褒められ方は初めてだ。

「悪いところはない。悪くないのが悪いというか……」

「は？　どういうこと？」

「いや。褒められたんならよかった。僕も男とキスしたかいがあったよ」

鈴木は笑って言ったが、これはたぶん演技だ。鈴木らしくもない大根っぷり。

「キスは参考にしてねえよ。でも俺、エロいって言われたのは、お世辞でも初めてだったんだ。それは、鈴木のおかげも少しはあると思うし……」

少しどころかほぼ鈴木のおかげだと思うのだが、あの余計なキスのせいで素直に礼が言えない。ボソボソと歯切れが悪くなる。

「頼……やめてくれ。礼なんていらない」

鈴木は苦い顔で言って目を逸らした。しばらくなにか葛藤しているようだったが、吹っ切るように息を吐き出して、また口を開いた。

「まだまだなんだよ。今まで色気がなさすぎたから、ちょっとそんな雰囲気が出ただけでみんな驚いたんだ。滴るような色気にはほど遠い」

やっぱり不満があったらしい。相変わらず演技に関しては甘くない。

「わかってるよ。もっとエロさを磨く。けど、どうやったら磨けるんだか……」

鈴木が自分に求めているのは、感謝の言葉なんかじゃなく役者としての精進。いつか手放しで褒められてみたい。人の心に斬《き》り込むようなすごい役者になれば、きっと鈴木は喜んでくれるだろう。

演技に関しては師匠と弟子で、普段はタレントとマネージャー。濃密だけど乾いた関係。それでいいのだが、なにか物足りない。

プライベートは詮索しない、なんて約束、余裕で守れると思っていたのに。今はそれが窮屈で仕方ない。

鈴木は今なにを考えているのだろう。なぜそんな暗い顔をしているのか。

キスしてやったら喜ぶだろうか……なんてことを考えてしまって慌てる。さすがにそれはない。たとえ鈴木がゲイだとしても、きっと自分はタイプではない。タイプなら五年も手を出さないということはないだろう。

そう考えて微妙に傷つく。たぶんそれは自尊心が。

男同士なんてありえない。恵にあんなひどいことを言っておいて、自分が男とどうにかなるわけにはいかないし、もちろんなるわけないし、そもそも鈴木が本当にゲイなのかどうかはっきりしていない。

はっきりしているのは、演じない自分には誰も関心がないということ。役者ではない自分を見てくれるのは弟くらいのものだ。

仕事の切れ目が縁の切れ目。演じ続け、うまくなり続けることが自分の存在意義。演じられなくなれば鈴木はいなくなる。誰もいなくなる。

ゲイでもなんでも関係ない。失いたくなければ、ただ必死に頑張り続けるだけ。他の手段なんてなにも思いつけなかった。

◆

劇団の役者というのはちょっと厄介な性質を持つ者が多い。頑固だったり、エキセントリックだったり、卑屈だったり。

テレビで見なくなった俳優が新しい活路を求めて舞台に出るというのは、けっこうよくあることだ。俳優の知名度に集客を期待して、劇団側も受け入れる。

しかし、若い頃から舞台演劇にのめり込み、舞台至上主義を掲げる役者は、神聖な場所を都合よく利用されたと不快感を抱く。その鬱憤《うっぷん》が稽古でぶつけられるのはままあることだ。

ある程度芝居ができる俳優でも、テレビと舞台では発声や立ち居振る舞いなどが違うのだから、突っ込みどころはいくらでもある。教えてやっているという体《てい》でいびり倒すことも可能だ。売れていた若い俳優ほど風当たりはきつく、ストレスを溜めている俳優はキレやすく、喧嘩《けんか》になることもままあった。

プライドの高い頼も何度もキレそうになっていたが、拳《こぶし》を握って耐えていた。生意気だという風評を聞いていたので、その我慢強さが鈴木には意外だった。

鈴木はだいたいそういうのにはノータッチで、指導から逸脱していると思えば諌《いさ》めることもあったが、多少当たりがきついくらいは、これも経験だとスルーする。

元々それほど親切な質《たち》ではないし、若干の嫉妬もあった。

若くして役者として売れるなんてとんでもない幸運だ。いい役がもらえて、いい生活もできる。それを当然のように思っている奴に優しくできるほどできた人間ではない。

羨望、僻み、そしてプライド。きつい稽古で役者根性を試して、乗り越えてきた者だけを認める。

頼は向上心が強く、依存心はなく、ただ黙々と努力していた。見ている方が歯痒《はがゆ》くなるほど、頼はいつも独りだった。

人を寄せ付けない、というより、人を必要としていない。頼るということを知らない。

独りで立っているのが寂しく、悲しく、そして美しかった。

そこにあるのは強さか弱さか——。わからないけど惹きつけられた。お節介に支えてやりたくなった。

頼は頑張ればなんとかなると信じているところがある。なんでも頑張りすぎるから、いつも力を抜くようにアドバイスする。

自分の意見だけを聞き入れてくれる優越感は劇団の頃から。褒めたら嬉しそうな顔をしてくれるのも自分にだけ。クールを装いながら隠しきれない笑みを口元に浮かべるのが可愛くてならなかった。

高慢そうに見える顔は、ちょっと緩んだだけで絶大な威力を発揮し、その笑みを見た者は一発で頼のファンになった。

今も劇団には頼のファンが多く、なにかと出演交渉されるが三度に二度は断っている。もちろんスケジュールの都合で、頼からたまに舞台も入れてほしいと言われていなければ、全部断っているところだ。

しかし劇団の奴らには「おまえは頼を私物化している」などと文句を言われる。

私物化、なんて素敵な響きだろう。できるものならしたい。が、できるわけもない。

頼に時々冷たくするのは、性格もあるが、近づきすぎないためだ。いっそ嫌われてしまえば楽になれるのではないか、なんてことを最近は思ってしまう。

でも無理だ。はっきりわかった。

頼が内田を頼ろうとしたことが許せなかった。それが本人でなくＤＶＤでも。頼にキスが下手だと言った女も、無責任なネットの住人も抹殺してやりたい。

独占欲と庇護欲と、いろんな欲が頼だけに向かう。

馬鹿なことをした。キスなんて……。触れたら止まらなくなることはわかっていたのに。

あれからずっと、身体の中をドクドクと熱いものが流れている。奪い取った頼の唾液《だえき》だろうか。ぐるぐると身の内を巡りながら内側から全身を刺激し、ソワソワザワザワと落ち着かなくさせる。

気分はまるで満月の狼男《おおかみおとこ》だ。今にも爆発しそうななにかを内に抱え、必死で抑え込む。平静を装うので手いっぱいで、できれば頼の演技も見ずに逃げ帰りたかった。しかしそういうわけにはいかない。逃げるわけにはいかない。

頼がにっこり女に笑いかけた。それだけでザワッとする。

顎を上げ気味にして、微笑みながら見下ろすのは教えた通り。顔を近づけるとやや目を細め、フッと口元を緩めた。途端に驚くほどの色香を放つ。

今までの頼とは明らかに違う。見たくなくても目を逸らせない。

笑みの形のまま女の唇を奪う。頼の唇が触れて少し動いただけで心臓が変なふうに脈打った。キス自体はライトで時間も短かったが、官能的と表現してもいいキスだった。

頼のキスシーンを見てこんなに身体が熱くなったのは初めてだ。

でもそれが、純粋に頼の演技が素晴らしかったからなのか、違う理由からなのか判別できない。

本当に、なぜ触れてしまったのだろう。後悔ばかりが湧き起こる。

監督のカットがかかり、頼が自分を捜しているのがわかった。たぶん演技の出来を訊きたいのだろう。

わかっている。そこには絶対の信頼がある。だから自分は公正な目で評価しなくてはならない。しかし、わからない――。

冷静にも客観的にもなれなかった。キスされた女がほのかに頬を染めているのが気に入らない、という私的な感情だけが明らかだった。

共演者に嫉妬するなんて、そんな公私混同は絶対にしない自信があったのに……。

そっとセットを離れ、楽屋に戻る。

演技に関することでは絶対に不信感を抱かれたくなかった。そこは命綱なのだ。その信用をなくしたら、自分はもう頼のそばにいる意味がない。

頼は監督と話をしたりして、楽屋に戻ってくるにはまだ少し時間がかかるだろう。その間に頭を冷やす。

しかし、頼の表情がちらついて、その唇の感触を思い出してしまう。知らなければ想像でしかなかったのに。もう一度触れたいという即物的な欲求は止めるのが難しい。

触れた唇の柔らかさ。どうしていいのかわからないような頼の反応。しっかりと抱いた腰がピクッと動いて、感じていることを伝えてくる。意外に敏感で、反応は可愛らしく……。

なにより嫌悪しているふうではないのがいけなかった。

――ヤバい、駄目だ、思い出すな。

眉間の皺に拳を押し当てたところでドアが開いた。早すぎる。

入ってきた頼の頬は紅潮していた。キスシーンの後だからなのか、うまくいったという高揚感からなのか。

葛藤を収めることができぬままその顔を目にしてしまい、理性が危うくなる。

「見た？」

褒めてほしいのが丸わかりの顔。期待に満ちた目で見つめられ、あまりの可愛さに抱きしめたくなる。拳を強く握ってなんとか堪えた。誰か自分を殴って気絶させてくれないかと本気で願った。

とりあえず無難に褒めてはみたが、言葉は白々しく浮いていた。それは頼にも伝わったようで、失望してテンションが一気に下がった。

しかし頼はそこで引き下がらない。不満も露《あらわ》に目の前に立って、悪いところがあったなら言え、と突っかかってくる。そういうところがいちいちツボを突く。

もっと褒めたりいじめたりしたいのだが、それをすれば自分の首が絞まるだけ。

「悪いところはない。悪くないのが悪いというか……」

ボソッと本音を漏らせば、頼はキョトンとする。意味はわからなくていい。

「僕も男とキスしたかいがあったというものだよ」

そんな言葉で突き放した。キスは不本意だったという姿勢は見せておかなくてはならない。

なのに頼は礼を言おうとする。照れてボソボソと。

堪らない。なんでこんなに可愛いのか。純粋なのか。芝居のためにキスをしたのだと信じている。下心を知れば礼なんて言うはずがない。

狡《ずる》い大人と素直ないい子。もっと疑えと言いたいが、疑われて困るのは自分だ。礼を拒絶し、色気はまだまだだと厳しい評価を突きつける、狡い大人。

素直ないい子は怒りもせず、もっとエロを磨くなんてことを言う。

今までは余裕で流せた言葉に焦りを覚える。女と付き合うのも、それが俳優向井沢頼のプラスになるならいいと割り切ってきた。心のどこかで続かないことを願っていても、決して顔にも態度にも出さなかった。

いかなる時も冷静さを失わず、客観的に頼の役者としての成長を見守っていけると、自分を信じられたから、そばにいられた。

キスひとつで理性の蓋《ふた》があっけなく壊れ、感情が溢れて収拾がつかない。

硬派なイメージの強かった頼に「エロい」という評価が加わるのはいいことだ。いいことなのに、色気なんてなくてよかったと思っている。マネージャー失格だ。

自分がそばにいるメリットとデメリット。デメリットが大きくなってしまったら、離れるしかない。頼を傷つけてしまう前に。頼に軽蔑される前に。

誰からも、自分からも頼を護りたい。

今さら転職か……と考えて、次の仕事への不安より、自分以外の人間が頼のマネージャーになることへの嫉妬が大きいのに気づく。

それが嫌なら死ぬ気で欲望を隠すしかない。

なんとか頭を冷やす方法はないものかと考えていた時、事務所の社長に呼び出された。

「いやあ、お疲れお疲れー。ちょっとね、きみを見込んでお願いがあるんだけど……」

若い頃はテレビマンだったという社長は、もう五十歳を超えているはずだがノリが軽い。しかし人を見る目はある。

所属タレントは十人ほどの小さな芸能プロダクションだが、頼の他にも二人ほど名の売れた俳優が所属している。みんな社長自らスカウトしたらしい。頼が連れてきた鈴木にもあっさりOKを出した。

「手を焼いてる新人がいるんだよ。これが生意気で。生意気っていっても、昔の頼とはまた違ってね。頼は自分にも他人にも厳しくて大変だったんだけど、桐島《きりしま》は世の中を舐めてるんだ。顔のよさと頭のよさでヒョイヒョイと世渡りしてきちゃったもんだから、痛い目を見ることもなく、図に乗り放題。当たりはソフトなんだけど、基本的に人を馬鹿にしてるから、マネージャーなんて下僕くらいに思ってるんだ」

「そんなの、社長がガツンと言ってやったらいいんじゃないですか？」

「言ってはみたんだけどねえ。はいはいって返事はいいんだよ。でも全然反省してない。もうマネージャーが四人も辞めてしまってピンチなんだ。きみなら矯正できるんじゃないかって、一縷《いちる》の望みをかけて……お願い」

手を合わされて溜息が零《こぼ》れる。この社長からはいまいち緊迫感が伝わってこない。しかし頼は事務所の稼ぎ頭だ。その専属マネージャーに頼むくらいなのだから、本当に困っているのだろう。今まで自由にやらせてもらってきたから、無下に断ることもできない。それに鈴木にとっても、渡りに舟、ではあるのだ。

「頼と掛け持ちでいいんですか？」

問題はそこだ。少しの間離れた方がいいのだろうが、他の誰かに頼を任せると考えただけで、耐えがたい気分になる。

「うん。桐島の次の仕事っていうのが、頼が今やってるドラマの続編の映画でね。まあぶっちゃけバーターでぶっ込んじゃったんだけど。桐島の他の仕事は雑誌のモデルが週一であるだけだから。頼は仕事詰まってるけど、スケジュールさえちゃんと組めば、もうあいつは放っておいても大丈夫だと思うし」

「まあ、そうだと思いますけど」

頼はきっと放っておいても大丈夫。送迎もしなくていいと言われたことがある。疲れて運転するのは危ないからとか、どうせ通り道だからとか、いろいろ理由を付けてこちらがさせてもらっている状態だ。自由になったと喜ぶかもしれない。

「なんだったら、頼の方に付き人を付けるよ。今の頼なら喜んで付く奴がいっぱいいる」

ニッと笑った社長に笑顔を返し、むかついた内心を隠す。

「いえ。私がやります」

「そう言うと思ったけど、無理はしないでね。桐島のプロフィールなんかは事務の柴《しば》ちゃんに聞いて。あと、本人も呼んでるから、そろそろ来ると思う。じゃあ、二度目のじゃじゃ馬ならし、よろしくねー」

女性事務員に資料をもらい、今までの経緯などを聞いた。

桐島麻人《あさと》。二十歳《はたち》。モデルとしてデビューして二年。俳優業は始めたばかり。ドラマで一度見たことがあるが、きれいな顔をしているという印象しかなかった。色白、美形。人形のような容姿は、役にはまればどんなに演技が下手でも人気が出るだろう。逆に一般的な役には向かない。鈴木とは正反対のタイプ。

硬派な顔立ちの頼とも役が競合することはなさそうだ。事務所的にはその方がいい。

桐島の顔はなんとなく頼の弟の恵を思い出させる。つまり頼が嫌いそうな顔。

鈴木自身は、若くて生意気な男は嫌いではなかった。劇団にはそのくらいの歳の個性的な男女がわんさと入ってくる。教育係というわけではなかったが、なにかと世話を焼いたり脅《おど》したり泣かせたりして、使えるようにしていった。生意気なくらいが磨きがいはある。

気を散らすにはもってこいかもしれない。しかし、どこか愛せるところがないと力が入らない。

桐島のこれまでの現場での様子や、マネージャーに対する武勇伝など、やや愚痴《ぐち》混じりの話を聞いていると、桐島がだるそうにやってきた。

「あんたが新しいマネージャー？」

細身ですらりと背が高い。身長は頼より高そうだが、体重は軽そうだ。きれいな二重の瞳に細い鼻筋、ふっくらピンクの唇。柔らかそうな茶色の髪はやや長め。爪《つめ》の手入れはするけど、身体を鍛えるなんて野蛮《やばん》なことはしない、というタイプに見えた。

男くささを感じない、こういうタイプの方が今は受けるのかもしれない。優男は涼しげな笑みを浮かべ、人を小馬鹿にしたように見下ろす。

「そう。僕がきみの新しいマネージャーで鈴木涼一といいます。よろしく、桐島くん。ちょっと自己紹介をしてくれるかな？」

挨拶し返してくる様子のない桐島に、にこやかに言ってみた。

「自己紹介？　社長に聞いたんでしょ。データもそこにある。時間の無駄だ」

にっこり笑ってそう言い返してきた。これだけでどういう問題児なのかだいたいわかった。

「映画のオーディションだと思ってやってみて。品定めさせてもらうから」

まずは余裕を崩す。怒らせるように言ったら、案外あっさり表情を変えた。ひねくれ方はそこまで複雑ではなさそうだ。

「品定めってなに。僕は商品じゃない」

薄い茶色の瞳が攻撃的な色を宿す。噛みついてくる表情は悪くない。

「きみは商品だよ。僕はこれからきみを売っていかなくてはいけない。だからきみのいいところ、悪いところを把握する必要がある。まずは僕にそれをアピールしてみて」

「別にいいよ、そういうの。あんたはオーディションの話とかを持ってきてくれるだけでいい。そこに行ったら僕はちゃんとやる」

「そう。じゃあ残念だけど、僕はよくわからない商品を人に売り込むことなんてできないから、これでさよならだ。きみなら他にも拾ってくれる事務所があるだろうし、頑張って」

「は？　なに辞めさせようとしてんの。マネージャーにそんな権限ないだろ」

「きみの処遇は僕に一任された。だから権限はある」

そんなことは言われてないが、これで辞めるような奴なら社長を納得させる自信はある。

「そんなわけない。社長は僕に期待してるって言ってた」

「うん、期待はされてるよ。でもそれはきみが伸びることを前提としている。きみはうちに所属して二年。モデルをしながらテレビドラマに二本と映画に一本出た。順調な方だけど、きみを使った監督からまたきみを使いたいという話は出ていないし、モデルのきみのファンはいても、役者としてはパッとしない」

「それは役がいまいちだったから……」

「そうかもしれないけど、もう三本だ。僕は同じ事務所の役者の演技は一応チェックするんだけど、きみはそのきれいな顔以外なにも印象に残っていない。お飾り人形だ。将来性は感じなかった」

顔だけでも印象に残っていたというのは悪くないのだが、調子づかせるようなことは言わない。

「きみは必ず売れるって、あの社長に引っ張ってこられたんだ。僕は役者なんてしようと思ってなかったけど……」

「じゃあ辞めてもいいだろう、別に。頑張っていく気もないんだから」

言えば、桐島は黙り込んだ。

「……あんた、向井沢頼のマネージャーなんだって？」

しばらくして桐島はそう訊いてきた。

「そうだよ」

「僕はあいつより売れる」

「なぜそう言い切れる？　そういう気概は必要だと思うけど、現時点できみが頼に勝てる部分をなにひとつ見つけられない。将来的にもそういう要素は感じない」

頼を貶めるような発言にムッとしたのは確かだが、言ったことが公平性を欠いているとは思わない。おまえなど頼の足下にも及ばないわ！　と言ってやりたい気持ちは完全に私的なものだが。

「僕はあいつと同じ高校なんだ。ファンクラブの会員数も僕の方が多かったし、バレンタインのチョコだって僕の方が……」

　思わず噴き出してしまった。

「おまえ……本当にガキだな。そういうところは確かに頼より上だよ。僕は頼から一度だって高校の時の武勇伝なんて聞いたことがない。ファンクラブがあったことも初耳だ」

　そんなものが存在していたことを頼が知っていたのかも怪しい。あったとしてもまったく興味がなさそうだ。今だってファンの数なんて気にしている様子はない。頼が気にするのは自分の仕事の出来だけ。バレンタインのチョコの数を誇る頼なんて、見られるものなら見てみたい。

　桐島は悔しそうにうつむいた。それが彼の唯一の誇りだったのなら悪いことをした。

「可能性はあるさ。きみが頼より売れる可能性はね。でも今のままじゃ絶対に無理だ。断言する。売れたいなら過去の栄光にしがみついてないで、未来を見ること。自分を磨く気がないなら、ナンパした女の子にでもその武勇伝を語ってふんぞり返っていればいいと思うよ」

　口調だけは優しく言ってみた。これで辞める程度なら逃がしてもまったく惜しくはない。

　桐島はムッと口を引き結び、床を睨みつけている。表情は悪くない。華もある。磨けば光る可能性もある。社長がそう思ったというだけでも充分な裏付けだ。

「きみ次第だよ。その気になったら言って。本当は頼のマネージャーだけで手いっぱいなんだ。辞めてくれた方が僕としては助かるかな」

そう言い残して部屋を出た。プライドと負けん気はどちらが強いか。頼ならここは絶対に食いついてくるところだが……などと考えて、やっぱりどうしたって自分の基準は頼なのだということを再認識する。

掛け持ちすることになるなら、頼に言っておかなくてはならない。その前に桐島が辞めると決断してくれると助かるのだが……。

頼と距離を置いて頭を冷やすにはちょうどいい、なんて思っていたくせに、いざとなると離れまいとしてしまう。でも頼の顔を見ればまた悶々《もんもん》とするのだ。

自分の処遇も桐島次第。

鈴木は溜息をついて事務所を出て、車に乗り込んだ。頼は今日、テレビ局のロケバスで郊外に撮影に行っている。内田と同じバスに乗るところを見ただけで、嫉妬のような感情を滾《たぎ》らせる自分に呆れたばかり。

内田は実際どういうつもりなのだろう。妻を亡くして宗旨替えでもしたのだろうか。それともただ若い男を愛《め》でて楽しんでいるだけなのか。

どちらにしろ頼にその気がなければどうにもならない。心配なんて無駄だとわかっているのに、いても立ってもいられない気分になる。

なまじ内田がいい役者でいい人なのがいけない。頼が懐いても文句の付けようがなかった。

頼は今、演技に関しては自分を師としてくれているが、現役の役者には敵《かな》わない。長年第一線でやってきている人だから、いろんな相談にも乗れるだろう。たとえそちらでお役御免《ごめん》となっても、マネージャーとして頼を支えることはできる。できるのだが……。

「いよいよ転職かな……」

しかし、それはしばし保留になる。桐島は意外に早く結論を下し、鈴木がテレビ局の駐車場で頼を待っているうちに連絡が入った。

『桐島、頼には負けないってさ。なにを言ったのか知らないけど、さすがは鈴木ちゃんだね。あの生意気はすぐには直らないと思うけど、鍛え直してやって。よろしくねー』

社長から直々《じきじき》に能天気な電話が掛かってきた。憂鬱《ゆううつ》な気分を見事に逆撫でしてくれる。掛け持ち決定だ。

気は重いが、生意気な新人に神経をすり減らせば、頼のことをあれこれ悩む時間はきっと減る。物理的にも精神的にも距離を置くことで、以前の冷静な自分に戻れるかもしれない。

これは神様がくれたチャンスなのだと思うことにする。道を踏み外すな、マネージャーに徹しろ、そういう教示に違いない。

「掛け持ちぃ？　なにそれ。俺の仕事が減ったのか？」

ロケから戻った頼は、今夜内田と食事に行くと上機嫌だった。しかし、鈴木がマネージャーを掛け持ちするという話をした途端、不機嫌になった。

それがちょっと嬉しい。あっさり「いいよ」なんて言われたら立ち直れないところだった。

「そうじゃないよ。社長に頼まれたんだ。手を焼いている新人がいるからどうにかしてほしいって。わがままな若者を矯正させた実績を買われて」

「は？　まさかそのわがままな若者って、俺のことか？」

「僕はそんなこと思ってないけど、社長がね。じゃじゃ馬ならしはお手のものだろうって」

「じゃじゃ馬？　あの社長め……。だいたい鈴木は俺が引っ張ってきたんだから、俺が飼い慣らされたみたいに言われるのはおかしいだろ」

「まあまあ、そこは置いといて。最近は頼も手がかからなくなったし、新しい問題児の根性を叩き直すのもいいかと……」

「だから俺は問題児じゃないし、叩き直された覚えもない」

「うん、実はいい子だよね、頼は。ただちょっと頑張りすぎて空回りしていただけで」

「いい子もやめろ」

「僕が付きっ切りじゃなくても、頼は大丈夫だろ？」

「それは別に、全然平気だけど」

おまえがいないと嫌だ、なんてことを頼が言わないのはわかっている。

「その新人、演技も下手みたいで、いろいろ手を焼きそうなんだけど、誰か臨時に付けてもらおうか？」

「いらない」

これもそう言うだろうと思って訊いた。今はまだ他の人を頼のそばに付けたくない。

「俺のマネージャーから外れるわけじゃないんだよな？」

「うん。新人がものになるか、潰れるか、どっちにしろ落ち着いたら頼の専属に戻るつもりだよ。いい？」

必要としてもらえているのか、その口から聞きたかった。頼の言葉は額面通りとは限らないが、表情を見ればなんとなくわかる。それが強がりなのか、本心なのか。

「おまえじゃないと遠慮なくこき使えないから」

代わってほしくないという想いだけは伝わってきた。それで充分だ。

少し距離を置けばきっと頭も冷える。キスしたことなんてきれいさっぱり忘れて、マネージャーとして頼を護り育てる役に徹することができるようになる。もし、自分がそばにいると頼のためにならないと判断したら、潔くやめよう。

「わかった。きみがどうしても僕がいいと言うなら、新人をビシビシ鍛えてなるべく早く戻ってくるよ」

「どうしてもとか言ってないけど」

頼のひねくれ方は素直でいい。言わせたいと思ったことを言ってくれる。ムッとして睨んでくる拗ねたような顔は、自分以外にはあまり見せない子供っぽい顔。

このポジションを本当に自分は人に譲ることができるのか。潔くなんてたぶん無理だ。でも、変に足掻けば頼も自分も傷つくことになる。

「今夜はあまり飲みすぎないように」

「わかってるよ。そっちも、あんまり新人いじめるなよ」

「僕がいじめるのは、いじめがいのある人だけだから」

「優しげな顔して性格悪いよな」

「優しそうで優しい男なんて、そうそういないものだよ」

だから内田に気を許しすぎるなと言いたいのだが、それはどう考えても個人的な感情だ。

内田のことは調べてみたが、今のところ悪い話は聞いていない。もしかしたら、数少ない優しい顔をした優しい人、なのかもしれない。役者としての実績も、男っぷりも、自分より遥《はる》かに上。付き合うことは頼にとってメリットしかない。頼の成長を願う者として、内田を遠ざける理由などなにもない。どんどん気持ちが暗く卑屈になっていく。

「自分の管理は自分でできる。俺の心配はしなくていい」

頼は安心させるつもりで言ったのだろうけど、追い討ちをかけられた気分だ。頼の真っ直

ぐな瞳は強がっている時のものではない。いれば頼るが、いなければ自分でする。頼は自分にはそれができると確信している。

だからこそそばにいたいのだ。独りにしたくない。

「頼はでも、どこか抜けているからねえ……」

「は？」

「いや。心配はしてないよ。明日は朝遅めだけど、気を抜きすぎないように。迎えに来るから」

鈴木の言葉は完全に強がりだった。頼は、来なくていいと言ったが、鈴木は絶対に行くと言い置いて内田の待つ店の前で降ろした。

本当はものすごく心配だ。しかし、ここからは私生活。じき三十になる男が誰と飲みに行こうと干渉する権限はマネージャーにはない。

もちろん今までも頼が俳優仲間と飲みに行くことはあった。素行の悪い噂のある俳優なら、急用を作って阻止したこともある。しかし内田にそんな噂はない。なのになぜこんなにも気になるのか。

気持ちをそこに残したまま、鈴木は車のアクセルをやや乱暴に踏み込んだ。

寝耳に水だった。

◇

「なんだよ、クソ社長……俺に断りもなく……」

なぜ鈴木《すずき》が掛け持ちなんてしなくてはならないのか。頼《らい》は車を降りて、ここにはいない能天気社長にブツブツと文句を言う。

鈴木が優秀だというのはわかっている。新人を手懐《てなず》けるのもきっとお手のものだろう。演技指導までしてくれる鈴木は、未熟な新人俳優を育てるのに、これ以上ない逸材だ。そうは思うが気に入らない。

内田《うちだ》の行きつけだという居酒屋は和風の落ち着いた雰囲気だった。中に入ると名乗る前に「お待ちしておりました」と、和服の女性に奥の個室へと通された。

個室は四人掛けのテーブルがあって、足下は掘りごたつ仕様。座るところは畳敷きで、座布団《ざぶとん》が二つ置かれていた。狭くて薄暗いのが落ち着く。客は入っているようなのに、あまりうるさくないのは、客層が上品なのだろう。

注文は内田が来てからすることにして、座って内田が来るのを待つ。ひとつ仕事を済ませてくると言っていたので、少し遅れるかもしれない。時間通りに終わるということはあまりない業界だ。

内田に飲みに誘われて今日はとてもいい日だと思ったのに、急転直下。浮かれて歩いていたら思わぬ落とし穴に落とされた。

鈴木が掛け持ちする新人がどういう役者なのかは知らない。しかし社長が矯正《きょうせい》を頼むくらいだから、そこそこ見所があるのだろう。

人を成長させるというのはやりがいがありそうな気がする。鈴木はあれでとても面倒見がいい。意地悪だが人をよく見ている。冷静な観察眼は役者に必要なものだ。

役者を諦めた鈴木は、いい役者を育てることでリベンジしているようなところがあるんじゃないのか。勝手にそう思って頑張ってきた。もちろん自分のためにうまくなりたいというのが一番強い思いだ。

新人に比べれば伸びしろは少ないだろう。新人を育てる方がそれは楽しいに違いない。だんだんやさぐれた気分になってきて、酒を頼みたくなる。しかしさすがに仕事をしている先輩より先に飲むわけにはいかない。

内田とは一度じっくり話をしてみたかった。

内田は二枚目俳優だけど、どちらかというと地味な役者で、主演作もあるが脇役《わきやく》の方が多く、落ち目になったこともある。きっと有意義な話が聞けるだろう。演技的には、自然だけど凄《すご》みがあって、どこか鈴木と通じるところがあった。鈴木がもう少し華のある容姿をしていたら、内田のようになっていたかもしれない。

いや、そもそも鈴木は諦めなければ俳優で食っていけるようになっていたはずだと頼は思っている。主役を張るばかりが役者ではない。鈴木には華がなくとも演技力がある。あの人見たことあるけど、どこで見た誰だったのか覚えていない、それこそ職業役者だろう。演出家や監督になっても大成したかもしれない。鈴木がいた劇団の舞台にはたまに客演させてもらうが、その時はいつも自分より鈴木が歓迎されている。監督や役者たちからなにかと相談を持ちかけられて、なぜマネージャーになんかなったのか、と無言の非難を浴びている気分になることもあった。

役者を辞めると言うから誘ったのだ。決断したのは鈴木で、無理強いしたわけではない。でも、鈴木が自分を選んでくれた時、本当はものすごく嬉《うれ》しかった。そばにいてくれるのが心強くて、今思えば鈴木は頼の人生で初めての「頼ってもいい人」だった。

鈴木に演技を認められるとホッとした。しかし、痛烈な駄目出しを食らうこともある。言いたいことを言って、言い返されて、どんどん遠慮がなくなって、どんどん口が悪くなって。ついには「おまえ」なんて言うようになったが、鈴木は笑って許容してくれた。

すべてを受け入れてもらえる心地よさ。だから調子に乗って、少し甘えすぎていたのかもしれない。いい歳《とし》をして、まるで見捨てられた子供みたいな気分になっている。

鈴木のプライベートを知らないので、どれくらい自分が鈴木の生活を圧迫していたのかもわからない。彼女か……もしくは彼氏がいたとしたら、自分と仕事とどっちが大事？　くらいのことは言いたくなるくらい、鈴木はそばにいた。

もうお守りはうんざりだと思って、新人にかこつけて距離を置こうとしているのでは……。

新人の方にやりがいを覚えたら、もう戻ってきてくれないのでは……。

考える時間がありすぎて、思考がどんどん嫌な方に転んでいく。時間潰《つぶ》しに台本でも持ってきておけばよかった。昔からあまり楽観的な質《たち》ではない。

鈴木との絆《きずな》は仕事。芝居。それだけだ。それだけでいいと思っていたけど、それが切れたら縁も切れる。

そう思い至ったところで、個室の引き戸が開けられた。内田がラフな格好で入ってくる。

「遅くなってごめんね。……怒ってる？」

内田は向かいに座りながら、頼の顔を覗《のぞ》き込むようにして訊《たず》ねた。

「いいえ、全然。俺も今来たところなので」

「そう？　でもなんだか顔が険しいよ。なにかあった？」

「え、なにもないです。なにもないから……俺は捨てられるかもしれないです」

思わず口から鬱屈《うっくつ》した思いが零《こぼ》れた。

「は？　えーと、まあとりあえず注文しようか。ビールでいい？　いきなり日本酒とか行く？ここは幻の銘酒《めいしゅ》とかもけっこうあるんだよ。頼くんはいける口？」

内田を案内してきた店員がまだそこに立っていて、内田は話を逸《そ》らした。捨てられるかも、なんて話は立派にスキャンダルだ。

「飲みます。なんでも」

「おお、いいねえ。まあ明日は昼からだけど撮影あるからほどほどにね」

内田はそう言って、飲みやすいという日本酒を頼んだ。すぐに刺身が運ばれてくる。

「いつも料理は適当に出してもらってってね。なにか食べたいものがあったら別に頼んで」

刺身は新鮮でぷりぷりしていて美味《うま》かった。冷酒がよく合う。

「で、捨てられるって、誰に？　恋人いたんだ？」

二人きりになって落ち着くと、内田は改めて訊《き》いてきた。

「あ、いや、恋人じゃなくて……すみません。なんか変なこと口走ってしまって」

冷静になれば、ものすごく情けないことを口にしてしまったと気づいた。

「恋人じゃないなら誰に捨てられるの？」

「あー、えーと、忘れてください」

「鈴木くん？」

内田の一言にビクッとする。

「え!?　な、なんでそう思うんですか？」

「んー、なんとなく。でもまあ僕は、頼くんに近しい人間を鈴木くんしか知らないからね。とりあえず言ってみたっていうか。当たり、なんだ？」

「まあ。……でも、大丈夫です」

「どういうこと？」

あまり言いたくなかったのだが、じっと穏やかに待っている内田を見て、仕方なく口を開く。最初に口走った自分が悪い。

「鈴木は俺がマネージャーにスカウトしたんです。で、ずっと俺専属だったんですけど、今度新人と掛け持ちすることになって。けっこう面倒見がいいから、新人の世話に一生懸命になる可能性もあるかな、と……」

「それで、捨てられちゃうかも……なんだ？」

「いや、そういうことじゃ……ないこともないですけど」

改めて言われると、自分がすごく恥ずかしい奴《やつ》に思える。

「へえ。案外、可愛《かわい》らしいんだねえ、頼くん」

「は？　なに言って……勘弁してください」

鈴木なら、ふざけんなと蹴飛《けと》ばしているところだが、さすがに内田相手にそれはできない。

鈴木の言う可愛いは嫌がらせだ。内田はどうやら自分より未熟な者に可愛いと言う癖があるらしい。子供の頃から可愛いなんて言われてこなかったので、柔軟な対応をするのが難しい。そういえば時々どういうことか弟に言われるが、あいつは感性がおかしいので論外だ。

「いいよ、いいよ、そういうとこもっと出していこうよ。寂しいって言ったらいいんじゃない?」

「いや、別に寂しいわけじゃ」

「頼くんは自制しすぎなんじゃないかなあ。言いたいこと言えばいいと思うよ。僕は十も歳上だし、口外したりしないし。兄だと思ってくれると嬉しいかな」

まったく偉《えら》ぶったところもなく、撮影現場でも誰にでも分け隔てなく穏やかだ。それが芝居になるとコロッと変わる。それが格好いい。

「内田さんって……なんかすごいですね。俺が女なら惚《ほ》れますよ。再婚する気はないんですか?」

「女は死んだ妻しか愛さないって決めてるんだ」

「格好いいなあ……。俺もそういう恋愛がしてみたいです。生涯おまえだけって言えるようなｰ……」

恋愛ものを演じるたびに思う。こんな恋がしてみたい。ずっと一緒にいたいと思える人に出会いたい。

「きみはまだ若いんだから。できるよ、これから」

「だといいですけど。できる気がしないんですよね」

「マネージャーに邪魔される？」

「いえ。鈴木は相手を選べとは言うけど、邪魔とかはされたことないんで」

「なるほど。巧妙なのか……」

「ん？　なにが？」

「いや。飲もう、飲もう。今夜は大いに語ろう」

それからは役者談義に花が咲いた。役者としてすべきこと、心の持ちよう、そして今後の演劇、舞台と映像の違いについて等々、話は尽きない。内田とは価値観が似ているのか、意気投合することが多くて盛り上がった。

「俺は……いい役者になりたいんです。喜んでほしいから。あいつの分も頑張って……いい役者だって、褒めてもらう……」

「あいつ？　おーい、頼くーん？　おねむですかー？」

前のめりになって目を閉じたまましばし静止し、ハッと起きる。

「寝てません！　内田さん、うち来てくださいよ。ここから近いんで。もっと飲みましょー」

「まあ、飲むかどうかは別として、帰った方がいいのは確かだよね。ありがたくお持ち帰りされちゃおうかな」

「はい。いただきもののウイスキーがあるので、ぜひ」

気分はよかった。普段はあまり人を家の中には入れないのだが、もっと飲みたくて誘った。どこの店に行っても内田が奢《おご》ると言うに違いないから、家なら……と、思ったことは覚えている。そこはちゃんと理性が働いていたから、自分が酔《よ》っているとは思っていなかった。

しかしそこから、どうやって内田を家に連れ込んだか、どんなもてなしをしたか、あまつさえ二人でベッドに入るに至った経緯などは、なにひとつ記憶になかった。

目覚めて、隣に温《ぬく》もりを感じて、んん？　と思った。横を見れば、端整なおっさんの寝顔。顎《あご》にひげ、筋張った首から肩のラインが見える。服を身につけている気配はない。

そしてもうひとり。寝ているおっさんの向こうに立っているスーツの男がいた。

たぶんインターフォンを鳴らしたのだろう。出てこないから合《あ》い鍵《かぎ》で入ってきたに違いない。寝室のドアを開け放ち、ベッドから数メートルのところに仁王立ちして、眼鏡《めがね》の奥には怒りと侮蔑があった。冷ややかな視線を注がれて、冷や汗が噴き出す。

「おはよう、頼。ずいぶんと親しくなったみたいだね」

いろんな感情が絡み合いすぎての棒読み台詞《せりふ》。鈴木の表情は確かに笑顔だったが、温かさや優しさは微塵《みじん》も感じられなかった。

こんな失態は初めてだ。必死で記憶を辿《たど》るが、この状況を説明できない。

「今、何時？」

あやふやな記憶より先のことを優先させる。

「十時半だよ。内田さんも入り時間が同じなら、けっこうギリギリだ」

鈴木の声はいつも通りに戻ったが、頼が上半身を起こした途端、視線が尖《とが》った。

上半身、なにも着ていない。

「ああ、僕も入り時間は同じだよ。昨夜は楽しくて、ちょっと張り切りすぎちゃったなあ……。目覚ましかけてたのに起きられなかった。鈴木くんが来てくれて助かったよ」

伸びをして起き上がった内田もやはり上半身裸。

「シャワーを浴びる時間くらいはあります。内田さん、お先にどうぞ」

「んー、じゃあお言葉に甘えて」

鈴木に言われて、内田はもう一度伸びをしてベッドから下りた。パンツは穿《は》いている。そのことに頼は少なからずホッとした。

男二人でベッドに寝ていたからといってなにがあるわけでもないが、全裸はなにかまずい気がする。

「頼、どういうこと？」

鈴木が一歩近づいてそう問いかけてきた。声がいつもよりかなり低い。

「どういうって……居酒屋で飲んで、もう少し飲みましょうって俺が家に誘って、そこから記憶が……」

眉間《みけん》に指を当てて思い出そうとするが、自分で部屋の鍵を開けたことや、リビングでウイ

スキーを飲んでいるところなど、断片的な映像は浮かんできたものの、明確な記憶の扉《とびら》は開かない。

鈴木の目は頼の首筋から胸の上辺りを検分している。

「なにもないぞ」

とりあえず言ってみる。

「覚えてないいんだろ？」

「どんなに酔っ払っても男を襲ったりはしない」

「逆だ」

「逆？　……俺が襲われるって？　ないない。内田さんは死んだ奥さん一筋だって言ってた。それは覚えてる」

布団から出れば、自分も下着はつけていた。脱いだジーンズは、鈴木が手に持っているあれか。どこかに落ちていたのだろう。

「内田さんに服を……下着、新しいのあったはずだから。ジャージならサイズも大丈夫だろ。どうせ現場で着替えるし」

鈴木は無言で内田の着替えを準備しはじめる。ロケの荷造りを頼みもしないのに手伝ってくれるので、どこになにがあるかはだいたい把握されている。

「調子に乗って飲みすぎたのは反省してるけど、気分は悪くないんだ。仕事はちゃんとできる。怒るなよ」

「別に怒ってない」

鈴木はそれだけ言って、着替えを持ってバスルームへ行ってしまった。

いや絶対怒ってる。少なくとも機嫌が最悪なのは間違いない。

頼もシャワーを浴びて、鈴木の運転で撮影所まで送ってもらう。もちろん内田も一緒だ。

内田は上機嫌で鈴木は不機嫌。頼がシャワーを浴びている間にその差は広がっていた。

「内田さんとなにか話した？」

内田と別れて楽屋に入り、鈴木に訊いてみた。

「別に。ちゃんと仕事をするなら文句はないよ。僕はただのマネージャーだからね。頼が誰と飲んで誰と寝ようと……関係ない」

切り捨てるような言い方にチクッと胸が痛んだ。確かにその通り、口出しされるいわれはない。

「内田さんはいい人だし、役者としてもいろいろいい話を聞けたんだ。それが嬉しくてちょっと調子に乗っただけで」

心配することはない、むしろプラスになっているから安心しろ、と言いたかったのだが、

「それはよかった」

鈴木の機嫌は悪くなるばかりだ。

「僕は新人の件で事務所に行ってくるから。瞼《まぶた》が少しむくんでるのはメイクさんになんとかしてもらって。帰りは迎えに来る。早く終わった時は電話して」

言うべきことだけさっさと言って出ていった。

なんだか見捨てられた子供のような気分になって、「たまには羽目を外してもいいじゃないか、大人なんだから」とブツブツ独りごちる。

しかし実を言えば、なにがそんなに鈴木の気分を害したのかよくわかっていない。仕事があるのに飲みすぎたことか。迎えに来たのに内田と爆睡《ばくすい》していたことか。それともただ、ここ最近様子がおかしかったことの延長なのか。

この五年というもの、鈴木はなにがあっても沈着冷静だった。だからこの情緒不安定は、なにか心の病のようなものではないかと心配になってしまう。

でもたぶんそれも余計なお世話なのだろう。訊いたってどうせ満足な答えはもらえない。

「頼くーん、今日の衣装、これね」

衣装担当のスタッフにTシャツとジーンズを渡される。私服とさして変わらないが、価格的に衣装の方がずっと安いだろう。

今日は探偵事務所で、依頼人である学生時代の先輩にちょっとした疑念を感じるシーン。起きたばっかりという設定なので、瞼は多少腫《は》れているくらいでちょうどいい。それくらいちゃんと考えている。とはいえ、初めての先輩と飲んで、記憶をなくしてしまうというのは失態だ。謝る頼に内田は笑顔で「楽しかったからまた行こうね」と言ってくれた。

楽しかったならいいのだが、自分がなにをしてなにを言ったのか、記憶にない部分があるのは不安だった。

「内田さん、俺なんか失礼なこと言いませんでしたか？　正直に言ってください」

撮影が終わってから、内田に改めて問いかける。

「だからそんなことないって。仮にそういうことがあったとしても、気にすることはない。どんなことも人間観察として有意義だと僕は思っているから」

「そう言っていただけるとありがたい、です」

「きみは本当に興味深いよ」

内田は謎《なぞ》の笑みを浮かべて去っていった。

絶対なんかやったな……と思う。内田はそれを面白がってくれているだけだ。

半裸で寝ていたのは、酒くさい服でベッドに入りたくないと自分で脱ぎ捨てたらしい。そう言われたら内田も服を着て横になる訳にいかず、隣に寝たのはただの趣味だと言った。

久しぶりに人肌《ひとはだ》を感じて嬉しかったよ、と車の中で囁《ささや》かれた時には、少し鈴木の反応が気になった。しかし後部座席から見た限りでは、運転中の鈴木に特に変化は見られなかった。

迎えに来た鈴木の顔を見て、なにやらモヤモヤしたものが胸に湧《わ》き起こる。近づいてくるのをじっと見ていると、鈴木が眼鏡を上げながらさりげなく目を逸らした。

もしかして、自分はなにか鈴木に嫌われるようなことをしてしまったのだろうか……。

特に思い当たることはないが、急速に不安が膨《ふく》らむ。率直に訊けばいいのだが、どうもそういうことは訊けない。人に好かれる自信はなく、嫌われていることを確認する勇気もない。

顔がよければ人はちやほやしてくれる。でも、顔がいいだけでは愛されない。目標に向かって努力するのは得意だが、愛される努力というのはなにをすればいいのか。

鈴木に愛想《あいそ》尽《づ》かされるのはかなりきつい。

「忙しいならお迎えはよかったのに」

相手を気遣って言ったつもりが、素っ気ない口調になる。

「まさか二日連続で飲みに行くわけじゃないよね？」

「行かないよ。新人教育で忙しいなら俺のことは放っておいていいって言ってんの。自分で運転する方が待たなくていいし」

どうしてこう鈴木に対しては基本的な喋《しゃべ》り方が憎まれ口みたいになるのか。

「僕は頼の運転をあまり信用してなくてね」

鈴木にも原因の一端はある気がする。

「なんだよ、一回壁に擦《こす》っただけだろ。それも俺のせいじゃないっていうか……」

「飛び出したネコを避《よ》けたんだっけ？　またそんなことがないともわからないし」

「人を鈍いみたいに言うなよ。おまえだって事故る可能性はあるんだからな！」

「鈍いなんて思ってないよ。ただ、きみが事故を起こすと面倒なんだよね、芸能人だからいろいろと」

「芸能人だって運転してるだろ」

「僕に関係ない人はいいんだよ。事故ったって僕が面倒な思いをすることはないんだから」

「あー、はいはい。もういいです。帰ります」

こんな言い合いみたいなことがしたいわけじゃない。もっとなにか、もっと普通の……。

マンションの前で頼を降ろすと、鈴木は走り去った。

これはいつも通り。帰りに部屋まで入ってくることは滅多にない。行きもだいたいはエントランスでインターフォンを鳴らし、すぐ行くという返事を聞いて下で待っている。

今朝は返事がなかったから上がってきたのだろう。内田も気づかず熟睡していたようだ。

エレベーターで二十階分を上がる。いつもなら下界から離れるほど心が軽くなっていくのだが、今日はまったく軽くならない。扉が開いても、足が重くて踏み出すのにひとつ溜息《ためいき》をついた。

そこで携帯電話が鳴る。表示を見れば、「恵《けい》」。なぜか少し救われた気分になった。

「なんだ?」

それでもやっぱり口調は素っ気なくなる。

『あの、兄さんに渡したいものがあるんだけど、いつだったら会えるかな』

恵はいつも恐る恐るというふうにお伺《うかが》いを立ててくる。怖いのなら会わなければいいだけなのだが、なぜか会いたいらしい。昔から押しが強いのか弱いのかわからない。

「今すぐなら」

『わかった。どこにいるの？』

「家だ」

『じゃあすぐ行くね』

なぜこんな会話で浮き浮きできるのか。

恵が人に好かれる理由はわかる。近寄りがたいようなきれいな顔なのに、ほわっと幸福感をまとっていて、なんだか力が抜けるのだ。それ故《ゆえ》に付け入られたりするのだが、自分のことで怒っているのはほとんど見たことがない。兄さんを馬鹿にした、と怒っているところは二度ほど見たことがある。

厳格だった祖父も、自分にはどこか引いていた両親も、恵のことは可愛がった。可愛がられるには可愛がられるだけの理由があって、自分は恵のようにはなれないとわかっていたから、憎たらしかったけどしょうがないとも思っていた。

己《おのれ》を変えられないなら、現状を受け入れるしかない。現状を変えたいなら、自分が変わるしかない。

芸能界に足を踏み込んだ時、鈴木に傲慢《ごうまん》さを指摘された時、今までに二度、頼は自分を変えたつもりだ。それによって確かに周りの評価は変わった。でも恵に対する態度は変えていない。それは恵がずっと変わらないから、変える必要がなかったのだ。

鈴木に対する態度は変える必要があるのか……。

意外と早くインターフォンが鳴った。酔い潰れて寝ていたのでなければ絶対に気づく音。恵の顔を確認し、なにも言わずにロックを解除する。

入ってきた恵は相変わらずほわほわしていた。しかし以前より幸福感が増しているように感じる。きっと恋人とラブラブイチャイチャしているのだろう。

目の前でそれを見せられるのでなければ、特にやめろと言うつもりはない。しかし男の恋人を認めるつもりもない。ただ、男同士なんて……という気持ちは、なぜか薄れていた。恵の顔を見ても批判的なことを言う気にはならない。

「なんの用だ？」

「うん。兄さんにこれを渡したくて。お財布なんだけど、すごく兄さんに似合いそうな革を見つけたんで、作っちゃった。高級ブランド品とかの方が似合うとは思うんだけど、もらってくれないかな」

よく飽きもせず、懲《こ》りもせず、こんな自分への好意を示し続けられるものだと思う。頑《かたく》なに貫くことで、他人を変えることもできるらしい。

薄くて細長い箱を受け取る。蓋《ふた》を開ければ、赤い革で作られた長財布だった。手触りは滑らかで縫製もしっかりしている。薄くて使いやすそうだ。頼の好みをよく心得ている。

「ありがとう」

頼は仏頂面《ぶっちょうづら》で言った。素直に礼を言ったのはたぶん初めてだ。

恵はきょとんとした。見事にわかりやすい「きょとん」だった。そしてパーッと花が咲いたように笑う。

「兄さん、なにかいいことあった？」

「いや」

どちらかというと機嫌は最悪な部類だ。最悪だからこそ恵の変わらなさに救われた気分になった。それでも愛想までよくすることはできない。恵相手に今さら変わるのは難しい。

「使うかどうかはわからないけどな」

余計な憎まれ口も叩《たた》かずにいられなかった。今も使っているのは、前に恵からもらった財布だ。どこで買ったのかと訊ねられることもよくあった。革職人としてはなかなかの腕なのだろうと思う。しかしそんな客観的なことはわりとどうでもよくて、ただ使いやすいから使っている。ブランドというのはよさがわかりやすいだけで、恵の作品も頼にとっては立派なブランド物だった。

絶対言わないけど。

「もらってくれるだけでいいんだ。兄さんは昔から物を大事にする人だから。いらないものは突《つ》き返されるし」

見抜かれている。前にもらった財布を使っていることもばれているのかもしれない。言わなくてもわかってくれるのは、むかつくけど楽だ。変わらなくていい、そのままでいいと言われているようで。

恵はニコニコ笑っている。今は恋人もできて、兄離れしてもなにも困らないだろうに、それどころか来ればつっけんどんな態度を取られ、嫌味を言われて不快な気分になるだけなのに、なぜわざわざやってくるのか。

「おまえは物好きだな。よく飽きもせず懲りもせず……。新しいものを手に入れたら、古いものなんてもうどうでもいいだろう」

「古いものって兄さんのこと？　僕はよく変だって言われるけど、人とは見方とか考え方とかがちょっと違うみたいなんだよね。僕が見てる兄さんと、他の人が見てる兄さんはなんか違うみたいだし、大事だったものが大事じゃなくなることってないし、新しい革と古い革は全然違ってどっちもいいし、飽きたり懲りたりなんてしないよ」

その表情と雰囲気だけ見ればふんわりした癒《い》やし系。でも恐ろしく頑固でぶれない。

周囲の愛を独り占めしていた弟にずっと嫉妬《しっと》して、嫉妬していることを認めたくなくて、自分の方が優秀だと必死で意地を張って生きてきた。でも、その意地を認めて密かに支え続けてくれたのも恵だった。

変われない弱さと、変わらない強さ。それを認めたくなかった。

「ちょっとは懲りろ。おまえがそんなだから俺が柏木《かしわぎ》に変に絡まれる」

恵はずっと好きだと言ってくれる。それはもう疑う気もないが、自分はもう二番手だ。それはそれでいい。勝手に幸せになってくれれば、こちらの罪悪感も軽減されて助かる。

「柏木さんはね、兄さんのことも気に入ってるんだよ。それにあの人はあんまり安心させない方がいいんじゃないかなあ……」

「ん？」

「なんでもないよ。あ、これを鈴木さんに渡してもらってもいい？」

「なんだよ、これ」

渡された箱は、さっきもらったものと同じ箱だった。

「兄さんと革違いのお財布。お揃《そろ》いだよ」

「は？　なんであいつとお揃い……」

思わず箱を開ければ、黒い艶消《つやけ》しの革で作られた財布が入っていた。言われなければデザインが同じだとは気づかないくらい印象が違う。地味さが鈴木にぴったりだ。

「鈴木さんの黒縁眼鏡と似合いそうな感じで。お揃いっぽくないお揃いっていいでしょ？」

「だからなんで俺があいつとお揃いなんて持たなきゃいけないんだ」

「え、だって兄さん、鈴木さんのこと好きでしょう？」

「はあ⁉　おまえはなに言ってんの。自分がそうだからって、誰でもゲイにすんな。あいつは俺のマネージャーであって、好きとか嫌いとかいう対象じゃない」

恵がさらっと言った台詞に大きく動揺し、強く否定する。そういう対象ではないのだ。好きとかそういう……。

「ゲイじゃなくても、マネージャーでも、好きは好きだと思うんだけど。鈴木さんとならお揃い嬉しいでしょ？　鈴木さんがいなくなったら寂しいでしょ？」

「全然嬉しくないし、寂しくもねえよ。まあ、多少不便で困るかもしれないけど」

「兄さんにいなくなったら困るって思わせるだけでもすごいよ。やっぱり鈴木さんはすごいなあ」

「違う。あいつが先回りしていろいろ世話を焼くのに慣れてしまっただけで……。しばらくあいつもそういうことはできないはずだから。不便にもすぐ慣れる」

「しばらくできないって、どういうこと？」

「あいつは新人の面倒を見ることになったんだ。あとは直接訊け。これも直接渡してやればいい」

財布の箱を突き返したが、テーブルの上に置かれた。そして恵はなぜか悲しそうな顔で問いかけてくる。

「マネージャーさん、代わっちゃうの？」

「掛け持ちだ。あいつは俺の世話に飽きたんだろ。しばらくって言ってたが、代わることになるかもな」

「飽きるなんて、そんなはずないよ」

「おまえが鈴木のなにを知ってるんだ」

「鈴木さんのことはよく知らないけど、鈴木さんが兄さんのことをよくわかってるってことは知ってるよ。兄さんの世話をあんなに素晴らしく焼ける人はいない」

「おまえはなにげに俺を馬鹿にしてるよな。俺は世話なんか焼いてもらわなくても、独りでも全然やっていけるんだよ！」

「そりゃ、兄さんはやっていけると思うけど。思うけど……」

恵はしばらく頼の付き人をしていたこともあるので、頼と鈴木の関係をよく知っている。

恵の言わんとすることは、なんとなくわかったが、わからないふりをする。

「おまえに心配されるようじゃ俺も終わりだ。もう帰って、柏木とでも革とでも好きにいちゃついてろ」

「心配じゃなくて……兄さんは鈴木さんと一緒がいいなって、思うんだ」

「おまえの意見なんか知るか。用が済んだらさっさと帰れ」

「……はい。じゃあ、お仕事頑張ってください」

追い出されるのはいつものことのはずなのに、恵はいつもよりしょんぼりして帰っていった。

人のことなんて放っておけばいいのに、勝手に鈴木が必要だと推測して、離れるかもしれないことを心配する。どんなお節介だ。

一番大事な人の心配だけしていればいい。幸せだから余裕があるのか。自分はもしかして下に見られているのだろうか。

いや、そうじゃない。恵に関しては、ひねくれた見方をして卑屈になっても無意味だ。恵がなぜ鈴木と一緒にいた方がいいなんて思うのはわからないが、こちらにはよくても、向こうにはよくないかもしれない。どっちみちずっと一緒にいるなんて無理なのだ。

鈴木が他の誰かのマネジメントをしたいと言えば、それまでの関係。俺は二番目でもいいから、なんてことは絶対に言わない。

四六時中一緒にいたし、なにかとかまわれていたから、鈴木の一番大事な人は自分だと疑いもなく思っていたが、プライベートではもっと大事な人がいるかもしれない。今でも鈴木の中の自分の順位は二番目、もしくはもっと下という可能性もある。

仕事なのだから、好きとか嫌いとかじゃない。そう言ったのは自分なのに、自分が一番じゃないかもと思っただけで落ち込んでいる。

好きとか嫌いとか、そういう相手ではない。鈴木はただのマネージャーだ。何度も言い聞かせるように繰り返す。

お揃いの財布を喜ぶとか喜ばないとか、そういう間柄でもないのだ。ただお揃いだと聞いて、鈴木がどんな顔をするのかは少し気になった。

◇

「初めまして、向井沢《むかいさわ》先輩。桐島麻人《きりしまあさと》です。よろしくお願いします」

そう言って頭を下げた男は、きれいな顔をしていた。

「向井沢頼です。よろしく。……先輩って、なんなの？」

まさか同じマネージャーだから先輩なのか。単純に事務所が同じだからなのか。どちらにしろ体育会系ではないので、先輩はあまり言われ慣れていない。

「同じ高校の後輩らしいよ？」

桐島の横に立っていた鈴木がそう言った。

「高校の？　へえ」

頼が出たのは地元では有名な進学校。見た目で判断するのはよくないが、桐島はあまり頭がよさそうには見えなかった。

色白の王子様系。系統としては恵に似ている。しかしきれいという表現なら恵の方が上だ。桐島は少し品がない。いや、性格の悪さがにじんでいるのか。恵をもっときつくしてがさつにした感じ。笑みもニコッではなく、ニヤッという表現が似合う。

しかしこれが純粋な第一印象なのか、わがままだと聞いていたせいで客観性が失われているのかは自分でもよくわからなかった。ただ最初からあまりいい印象を抱いていないのは確かだ。

「先輩とは八歳違うんですけど、伝説はいろいろと聞いてます」

「伝説？　俺は別に高校の時はなにもしてないぞ。芸能活動もしてなかったし」

成績がちょっと優秀な部類の、ごく普通の高校生だった。

怪訝《けげん》な顔をした頼を見て、鈴木がクスッと笑う。

「なんだよ？」

「いや。頼はバレンタインにチョコを何個もらったか覚えてる？」

「チョコ？　さあ。チョコばかりもらっても困るから、だいたい断ってたし、机とか下駄箱とかに勝手に入れてあったのは、欲しい奴《やつ》にやったし」

「ああ、やっぱり……」

鈴木はクスクス笑いながらうなずいた。その横で桐島はムッとした顔をしている。二人だけにわかることがあるようだ。

「なんか知らないけど、とにかく仕事はちゃんとやってくれ。それだけでいい」

突き放すように言う。

「はい、先輩」

短いのにどこか人を小馬鹿にしたような返事だった。先輩はやめろと言おうとしたが、どう呼ばれたいのか思い浮かばなくてやめた。呼び方なんてなんでもいい。どう呼ばれてもたぶん気に入らない。

桐島はドラマの終盤に謎めいた男として登場し、続編の映画ではちょっとしたキーパーソンになる。社長はバーターでねじ込んだと言っていたらしいが、けっこう重要な役なので、それなりに選抜はされたに違いない。

なにを考えているのかわからない怪しげなところが桐島の容姿に合っている。重要なのは顔と雰囲気。演技力は二の次。多少ぎこちなくても、ミステリアスな雰囲気を出すための演出だという言い逃れもできる。

こういう役こそ鈴木には決して来なかっただろう。

「鈴木さーん、日薬買ってきてもらえます?」

「鈴木さん、靴《くつ》が合わなくて痛い。ちゃんとサイズ言ってもらいましたー?」

「サイズ間違ってたから靴擦《ず》れができちゃった。絆創膏《ばんそうこう》貼って」

桐島はやりたい放題だ。ほとんど歩いてもいないのに靴擦れなんてするはずがない。

「絆創膏が貼りたいなら自分で貼れ。赤ん坊か」

言わずにいられなかった。

「すみません、僕、お坊《ぼっ》ちゃん育ちなものだから、自分で貼ったことないんですよね」

「は？　貼ったことなくても貼れるだろ」

「へえ、向井沢家ってわりと庶民なんですね。もっと品格あるお家柄なのかと思ってました」

嫌なところを突いてくる。久しぶりに聞いた「向井沢家」という単語。祖父の厳しい顔がちらついて、とっさになにも言い返せなかった。桐島の勝ち誇った顔など見えてはいない。

過去の嫌な記憶が次々によみがえって気分が落ち込んだ。

「桐島、ここで家柄なんて持ち出したら笑われるよ。個人の魅力で勝負する場なんだから」

鈴木が静かな声で諌《いさ》めた。眼鏡の奥の瞳《ひとみ》はまったく笑っていない。

「それは失礼しました」

桐島はニヤニヤ笑っている。

「お坊ちゃんには人を顎で使うだけの魅力があるんだろう？　喋り出した途端みんなが失望する……なんてことのないよう、事務所の先輩として祈ってるよ」

嫌味な言い方になってしまったのは仕方ない。もっと直接的に言いたいのをこれでも抑えたのだ。

今日の撮影では、桐島に容姿以外の魅力を感じることはできなかった。鈴木に対する横暴ぶりばかりが目につく。しかし桐島は、頼以外の人目があるところではそれをしない。狡猾《こうかつ》な狐《きつね》という印象。

鈴木を使って、なんとか自分の優位をアピールしようとしているようにも見える。そんなことをしてなんの意味があるのかはわからないが。

頼がじっと見つめると、桐島の笑みが微妙に歪《ゆが》んだ。それを見届けて場を立ち去る。

二人の姿が見えない場所に来ると、自然に溜息が漏《も》れた。桐島と鈴木が一緒にいるのを見るだけで、よくわからない不快感が込み上げる。

しかし今さら家のことを持ち出されるとは思わなかった。今は地元でも「向井沢」は昔の藩主《はんしゅ》としてよりも、俳優の名前としての方が有名なくらいだ。それでも今までに何度か、頼が世が世ならお殿様《とのさま》だった、という話はテレビで取り上げられたので、頼が向井沢家の末裔《まつえい》であることを同郷の人間が知っているのは不思議なことではない。

頼としては家屋敷を売り払った時に、家名も脱ぎ捨てたつもりだった。向井沢家の男子たるもの……という呪縛《じゅばく》からも逃れたつもりでいたのに。

三つ子の魂百まで、なのか。

「へえ、頼くんって由緒《ゆいしょ》正しいお家柄なんだ?」

背後から声を掛けられてビクッとする。

「内田さん……聞いてたんですか」

「聞こえちゃったんだよね。なんだかいい性格してるみたいだね、後輩くん」

「ああ……まあ一応事務所としては推《お》してるみたいなんで、よろしくお願いします」

「あら、いい子ちゃん。あの野郎むかつく！　って言ってもいいんだよ？　一緒のベッドに寝た仲なんだから」

「それ、誤解を招くんでやめてもらっていいですか……。まあ、むかつかないことはないですけど、今のところはスルーできるレベルなんで。鈴木は大変そうだけど」

「鈴木くんね。彼、あんなにおとなしかったっけ？」

確かに桐島の言いなりに言うことを聞いてやっているのは解《げ》せない。

「なんか企んでるのかもしれません」

「あはは、担当タレントにそんなこと言われるマネージャーって。面白いね、きみたちの関係は。ちょっと掻《か》き回したくなる、かな」

「内田さんが悪い顔すると洒落《しゃれ》になりませんよ。演技なのか本心なのかわからないし」

「やだなあ、人生はすべて演技だよ」

そう言ってニヤッと笑う。この現場に入って、内田の存在にかなり助けられている気がする。

『あんたは、誰だ?』

頼は呆然《ぼうぜん》と内田を見つめる。いや、内田が演じる主人公、一谷《いちたに》の顔を見つめる。

ちょっとくたびれたおじさん探偵。のほほんとしながら優秀で、反発しながらも心の底では信じていた。その人に裏の顔があったのか、否か。

『俺は俺だろう。なにを言ってるんだ? 正宗《まさむね》』

一谷は怪訝な顔で正宗を見る。一谷にはなぜ正宗がそんなことを言い出したのかわからない。思い当たることがない。

ドラマは一話完結形式だったが、全編を通して一谷と正宗の過去に繋《つな》がるひとつの未解決事件が横たわっていた。

少しずつ謎が明かされていき、ドラマ後半になると前半での軽さが嘘《うそ》のように、正宗は苦悩するキャラクターになっていた。そして逃げ場を女に求める。だから遊び人の時も苦悩キャラになっても、色っぽいシーンは減らなかった。もうそれがドラマの売りのひとつになっている。

「また脱ぐのか、俺」

思わず呟《つぶや》けば、

「頼くんが脱ぐと視聴率が上がるって、増えちゃったみたいなんですよ、そういうシーンが」

演出助手の女性が浮き浮きと言う。

本編とまったく関係なくそういうシーンがあるわけでなく、ちゃんと正宗のキャラクターに沿っているし、流れも不自然ではない。ただサービスカットとして入れているんだろうなという感じはする。脚本家は苦労しているだろう。

媚《こ》びているというと聞こえが悪いが、エンターテインメント作品として、客を喜ばせるのは正しいことだ。それに対してどうこう言うつもりはない。

「いいけどね、脱ぐくらい。ただ脱ぐ前は飯が入れられないからな……」

微妙に胃が出てラインが美しくなくなってしまう。鈴木がいると、突然台本が変わっても、シーンから逆算して食事の時間を考えてくれたりもするのだが、それは専属だったからこそできたことだ。

自分のことは自分でする。

お腹《なか》が鳴らない程度にゼリー飲料を流し込み、楽屋で腕立てや腹筋をして筋肉に張りを持たせ、撮影に臨《のぞ》む。

自分の中に四分の一流れている北欧の血は、しっかりした骨格と、持続力のある筋肉をくれた。鍛えすぎるとムキムキになる。ほどよい頃合いが難しい。

視聴率も大事だが、まずは美しい画《え》にこだわりたい。自分をいかに魅力的に見せるか。鏡の前に立って自分を検分する姿はナルシストっぽいが、あくまでも客観的に見ているつもりだ。どんなにこだわっても、見たいと思ってくれる人がいなければ意味がない。

自分を冷静に見つめる目。それはもしかしたら祖父に鍛えられたものかもしれない。己に甘えを許さず鍛錬し続けること。祖父の教えの多くは精神的なものだった。内面を鍛えれば、外見はそれに伴う。剣道や弓道などの他に、茶道などもやらされた。

子供の頃は上達しなければという強迫観念があって、嫌々ながら日々義務的にこなしていたことも今では糧《かて》になっている。

感謝の気持ちはあるが、祖父はきっとあの世で憤慨していることだろう。

向井沢家の当主たる者が、役者なんて見せものになるとは嘆かわしい——その声はリアルに想像できる。

祖父への反発心が原動力だった。でも今はこの仕事が好きだ。どんな仕事であっても、己が極めると覚悟を決めて邁進《まいしん》すれば、誰に恥じることもない。

中途半端こそが恥ずかしい。

向井沢家の当主たる者、己の決めたこの道をとことん突き進む所存。

鏡の中の自分にニヤッと笑う。祖父に似ていると言われていた頑固者の瞳。今は目力があると褒めてもらえる。

家はもう背負わないが、自分の人生にはきっちり責任を持つ。

そんな覚悟で出向いて撮ったのは、事後のシャワーシーンだった。水量を細かく調節して、お湯が身体を舐《な》めるように流れていくベストを見極める。

祖父はあの世で地団駄《じだんだ》を踏んでいるかもしれない。

「はい、OK！　いいねー、頼の大胸筋は」

「ありがとうございます」

苦笑しながら礼を言う。

「お殿様がいまやセックスシンボルですか」

腰《こし》にタオルを巻いた頼を見て、桐島が侮蔑混じりに言った。

「お殿様は脱いでもすごいんだよ。セクシー殿様に民は大喜び間違いなしだな」

自信満々に言い返せば、桐島は面白くなさそうな顔をした。

そうそう何度も凹《へこ》んでなどやらない。

「頼、お弁当を楽屋に置いておいたから。次の撮影まで一時間あるらしいし、食べて。お腹空《す》いてるでしょ？」

食べてないのを見越して鈴木が言う。

桐島の芝居を少しでもマシにすると言って、鈴木は昨日から桐島に付いていた。今日は少しちゃんとした台詞があるのだ。

ドラマはもう最終話。正宗の一谷への誤解は解け、和《なご》やかな大団円に向かう。しかしそこに現れる謎の男。ドラマ終盤から意味ありげに顔を出していた男が、ここで初めてちゃんと喋る。

謎の男を演じるのは桐島。この台詞で新たな謎が生まれ、そして劇場版へ――という今流行《はやり》の流れだ。ここで下手《へた》な演技をされてはすべてが台無しになる。

それを誰もがわかっていて、現場はやや緊張した空気で桐島を待っていた。

なのにこの男はいつもとなんら変わらない。余程自信があるのか、ただ鈍いのか。芝居を舐めているのか、大物なのか。

なんでもいい、とりあえず天狗《てんぐ》になってもいいからここは素晴らしい演技をお願いしたい。

劇場版の話はドラマが始まる前からあったが、もしドラマが大コケしたら、劇場版の話もなくなるだろうと言われていた。

その場合、脚本が書き換えられ、桐島の出番はなくなっていただろう。

ドラマは高視聴率を継続し、無事劇場版が作られる運びとなった。桐島の映画出演は、ドラマにかかわったすべての人々の努力の上にある。

それをわかっているのかいないのか。桐島の態度から感謝の気持ちなんてものは微塵も感じられない。

いや、この際そういう気持ちを持っていなくても、いい演技をしてくれさえすればそれでいい。

桐島はメイクに入り、鈴木は頼の楽屋へとやってきた。久しぶりというほどでもないのに、二人きりでいることに少し緊張する。

楽屋には弁当が二つ置いてあった。お腹は空いているが、二つは食べられない。ひとつはたぶん局で用意されたのだろうとんかつ弁当。もうひとつは頼が撮影の合間に好んで食べるサンドイッチのバスケット。鈴木が用意したものに違いない。

なにも言わずそれを手に取って食べはじめる。自分のために買ってきてくれたのだと思えば嬉しかったが、礼は言わなかった。俺のためにありがとう、なんて言ったことはない。

鈴木は黙ってニコニコと見ているだけ。たぶんいろいろと見透《みす》かされていて、それが悔しいようで、くすぐったくもある。

「大丈夫なのか、桐島は」

弁当とは関係のないことを口にした。

「大丈夫……だと思うよ。ムラがあるんだよね。ちゃんと集中できればやれると思う」

「まあ、やれるまでやらされるだろうけど。……あいつ、演技うまいの？」

今まで見た桐島の演技は、ほぼ立っているだけ、うっすら笑みを浮かべているだけだった。

「うーん。なんていうか、自意識過剰？　どこかに、僕格好いいでしょ？　みたいのがあって鼻につく」

淡々と言った中に、うんざりしているようなのを感じ取る。

「なるほどね」

なんとなく想像がついた。

「頼はどう？　調子は」

「別に、俺はいつも通り」

サンドイッチを食べる頼を鈴木は黙って見ている。いつものことなのになぜかソワソワする。

食べ終わると頼もメイクに入り、鈴木は桐島のところに行った。

「先輩、どうぞよろしくお願いします」

メイク中、桐島が挨拶《あいさつ》に来た。行けと言われて仕方なくやってきたのがありありとわかる。

「よろしく」

鏡の中の桐島を見ながらとりあえず返事した。

謎の男の見た目は完璧。黒いコートのフードを被《かぶ》り、ふわりと下りた前髪に片目が隠れ、妙に艶やかな唇《くちびる》だけが目を引く。妖《あや》しげで怪しい。この容姿を活《い》かすも殺すも演技次第。

「用意、スタート」

問題のシーンは静かに始まった。

暗い部屋の片隅。窓の外のネオンに浮かび上がる男の姿。デスクに腰かけ、背中を丸めて爪《つめ》を弄《いじ》りながら、戸口に立つ正宗に穿《うが》った目を向ける。

『あなたはそれでいいんですか？』

「カット！　んー、あのね、悪くはないんだけどね、不気味さが足りないなぁ」

監督の指摘に桐島は眉《まゆ》を寄せる。

「不気味って……」

それから何度も、たった一言を繰り返す。リテイクは二桁《ふたけた》に及んだ。頼は正宗のまま無言で立ち続ける。

「ちょっと休憩入れます。桐島くん、一回力抜いて。頼くんもね」

ついに中断された。緊張した場の空気が一旦ほどける。

「いったいなにが悪いんですか!?　僕にはわかりません！」

桐島が監督に突進していく。

「うーん、なんていうんだろう、底知れない感じ？　なにを企んでるのかわかんなくて、迂《う》闊《かつ》に返事できない感じ。……わかんないかなあ」

「わかりません」

「えー、わかんない？　わかんないのは困るなあ……」

そんなやり取りを聞き、頼は桐島の袖《そで》を引いた。

「監督、すみません。ちょっとこいつと話してきます」

「ああ、頼くん。よろしく頼むよ」

桐島を楽屋に引っ張っていく。

「なんですか。なにか教えてくれるっていうんですか？　別にあなたに教えてもらわなくても……」

「教えるわけないだろ。なんでも人に訊くな。教えてもらおうとするな。自分で考えろ」

「考えてわからないから訊いてるんです」

「人の言葉を鵜呑《うの》みにして頭でわかっても、心まで届いてないんだ。咀嚼《そしゃく》しろ、とことん考えろ。おまえはレイって男の背景を聞いてるんだろ？　なぜ、なにを考えてあの台詞を吐いたのか、よく考えろ」

レイの過去を頼は聞いていない。正宗は知らないことなので、知らなくていいと思った。だからどう演じろ、なんていうアドバイスはできない。

「おまえのあんな台詞じゃ、俺は全然ゾッとしねえよ。笑い飛ばしたくなって困った」

これで奮起するか、投げ出すか。桐島はムッと押し黙った。なにか言い返さずにはいられない、そんな顔で頼を睨《にら》みつける。

「僕だってこんな役……。先輩はレイがなにを考えているか知らないんですよね？　教えましょうか。知ったらきっと、あなただって嫌になる」

優位に立てるものを見つけたとでも思ったのか、急に表情がニヤニヤ嫌な笑みに変わった。

「いらねえよ」

「知って、知らない演技をするのは難しいですか」

「そんなのは普通のことだ。でも監督が知らせないことなら俺は知る必要がない」

「ふーん。でもこれを知らせないのはフェアじゃないと思うんですよね。だってレイは――」

「桐島」

そこに鈴木が入ってきた。

「きみは今自分がすべきことをしなさい。このままじゃ役を降ろされることにもなりかねないぞ」

鈴木の静かな脅《おど》しに、桐島は唇を噛《か》んで楽屋を出ていった。

「頼、ありがとう」

鈴木に礼を言われるとモヤッとする。

「俺は罵《ののし》っただけだ。だいたいおまえ、あいつにちゃんと稽古《けいこ》つけたのかよ」

「どうもね、やる気が湧かなくて。一通りやったけど……あとは本人次第って投げちゃったかも」

「まあ、熱心にやればいいってもんじゃないよな」

自分のことを思い出す。頑張りすぎても演技はうまくいかない。それを教えてくれたのは鈴木だった。

「頼とじゃ基本的な姿勢が違うけどね。負けず嫌いだけは期待できるから、意識しまくってる先輩にあれだけ言われりゃ火が点《つ》くかも」

「点いてもらわないと俺が困る。さっさとあいつんとこ行って鍛え直してこいよ」

「そうだね、みなさんに迷惑だし。ちょっと……本気で扱《しご》いてくるか」

鈴木はボソッと言って出ていった。鈴木の言う本気はちょっと怖い。

頼はひとつ大きく息を吐いて椅子《いす》に座った。

なんだかよくわからないが疲れる。リテイクのせいじゃない。ドラマがよくなるためなら一時間でも二時間でも待つ。桐島の生意気な態度も取るに足らないことだ。

できないなら鈴木の言う通り役を降ろされるだけ。同じ事務所だからといって面倒を見てやる義理はない。桐島がいなくなれば、鈴木は自分の専属に戻るだろう。

桐島がいなくなっても自分にデメリットはない。メリットばかりだ。でも、鈴木は気にするのではないか。自分がついておきながら、演技ができなくて降板なんてことになったら。

あまりやる気はなさそうだし、気にしないのかもしれないが……なんとなく嫌なのだ。護《まも》りたいのは桐島ではなく、鈴木の経歴。

でも正直、桐島なんて潰れればいいという気持ちもある。

その葛藤が疲れの原因かもしれない。

しかし気を揉《も》む必要はなかった。休憩あけて一発目でＯＫが出た。

まだまだ奥深さは足りないが、ちょっとした不気味さは感じた。絶賛という出来ではなかったが、なぜか桐島は得意げにこちらを見る。

「おまえこれ15テイク目だってわかってんのか？」

言えば少し渋い顔をした。まさか褒められるとでも思っていたのか。

「あんまり鈴木に世話かけさせんなよ」

そう言ってセットから立ち去ろうとしたのだが、

「先輩も手がかかったって聞きましたよ？」

そう返されて立ち止まる。

「誰に？」

「さあ誰だったかなあ。それに、先輩も最初の頃は、顔だけ役者みたいに言われてたんでしょう？」

思わず桐島を睨みつけたが、否定することはできなかった。そう言われていたのは事実だし、自分でも過去のものを見れば、お世辞にもうまいとは言えない。力が入りまくって、なかなかひどかったと思う。でも、演技にしろ鈴木への態度にしろ、桐島よりはだいぶマシだったはずだ。

だがもし桐島にそれを言ったのが鈴木なら、同じレベルだったのかもしれない。

「そんなことないよ。頼くんは容姿ばかりが注目されちゃったけど、演技もそこそこだったよ。すごく必死だったし、先輩への気遣いもそれなりにあったし」

黙った頼に代わって桐島に言い返してくれたのは内田だった。

「内田さん、褒められてる気がしません」

「そう？　まあ、褒められるほどじゃなかったよね」

「それは確かに」

「桐島くんも伸びしろはあるんだから、先輩の足を引っ張るより、自分を押し上げた方がいいんじゃないかな」

「ぼ、僕は別に足を引っ張ってなんて……」

「ああじゃあ、かまってほしくてじゃれてるだけかな？」

内田がことさら優しい笑みを浮かべると、桐島はムッと眉間に皺《しわ》を寄せた。

「冗談じゃない。誰がじゃれて……」

さすがに内田には強く出られないようで、語尾をうやむやにして引き上げていった。

「子供を弄るのって、楽しいよね」

内田は少し悪い顔で微笑《ほほえ》んだ。

「内田さんも実は性格悪い人ですか？」

「性格なんてみんな、いいところもあれば悪いところもあるでしょ。相手によるんじゃない？僕は、頼くんにはきっといい人だと思うよ」

内田の腕に肩を抱き寄せられる。

「それはすごくありがたい、です」

愛想笑いを浮かべて顔をセットの外に向ければ、暗がりにいた鈴木と目が合った。ゾッとするほど暗い瞳に背筋が冷える。

桐島が演じた謎の男より、余程不気味で恐ろしい。

「じゃあ俺、次の準備がありますから」

さりげなく内田の腕からすり抜けてセットの外に出る。

鈴木はどうも内田のことが気に入らないらしい。しかし内田に対して性格の悪い人になるのではなく、内田と一緒にいる頼に対して性格が悪くなる。

頼も外面《そとづら》はいいが、鈴木はそれに輪を掛けて外面がいい。マネージャーだから当然といえば当然なのだが。

通りすがりになにか言ってやろうかと思ったのだが、さっきいたところにもう鈴木はいなかった。

たぶん桐島のところに行ったのだろう。鈴木はあの演技を褒めてやるのか、それともけなすのか。どちらを想像しても気分はよくなかった。

鈴木が性格の悪さを見せるのは自分だけがいい。

そんなことを思ってしまって眉を寄せる。最近の自分の思考回路はどうもおかしい。

「なんだよ、タクシーで帰れって。家まで送れよ」

廊下を歩いていると、桐島の不満そうな声が聞こえてきた。突き当たりの自動販売機がある休憩所にいるらしい。姿は見えない。

「きみはもう仕事終わりだし、明日はオフだ。彼女と会うでも、友達と飲みに行くでも好きにすればいい。頼はこの後も撮影があるんだ」

鈴木の声。自分の名前が出ればドキッとする。

「売れてる奴とは待遇が違うって？」

「まあ、そうだな」

「こないだまで頼は放っといても大丈夫だからとか言ってくっついてたくせに、急になんだよ。僕の将来性を見限ったとかそういうこと？」

「そういうわけじゃない。言葉通りの意味だ」

鈴木がイライラしているのがわかった。自分と会った最初の頃はもっとよそ行きの感じで、こんな冷たいことは言わなかった。立場が違うとはいえ、打ち解けるのが早いんじゃないか。

「鈴木、俺は放っといても大丈夫だ」

「頼……」

顔を出せば鈴木が表情を曇《くも》らせた。鈴木が言ったことを肯定しただけなのに、なぜかショックを受けたような顔だ。桐島はまだメイクも落としておらず、敵意むき出しに睨みつけてくる。

「立ち聞きですか、向井沢のお殿様が」

「通りがかりに聞こえただけだ。俺のことはいいから、そのわがまま小僧を送ってやれよ。彼女も友達もいなくて寂しいんだろ」

「いるっつーの！　ちょっと言ってみただけだろ。いいよ、別に。女を迎えに来させるから」

桐島はそう捨て台詞を残して行ってしまった。

「女って……あいつ、自滅する気か？」

「大丈夫だよ、あいつを張ってる記者なんていないし、撮られても話題になんかならない。少なくとも、今はまだ」

「将来性はあると思ってるんだ？　教えてやれば？」

「つけ上がるだけだよ。あいつは拗《す》ねてるくらいでちょうどいい」

「もうすっかりわかり合ってる感じだな」

「そんなわけないだろ。桐島はわかりやすいだけだ」

「……手のかかる奴には慣れてるんだよな」

結局自分も、多少の違いはあれ、鈴木にとっては同じ括《くく》りなのだろう。僻《ひが》みっぽい言葉が漏れてしまったが、鈴木の耳には届かなかったようだ。

「なに？」

「いや。俺を待ってる必要はないから。たまには早く帰って、自分もプライベートを楽しめばいい」

どんなプライベートかは知らないけれど。そう言って突き放したが、鈴木は帰らなかった。撮影を最後まで見て、きっちり家まで送り届ける。

「律儀《りちぎ》だな」

「好きでやってることだ」

頼がマンションに入るまで見届けてから走り去る。やっぱり律儀だ。

そんなに仕事が好きなのか。友達も彼女もいないのか。劇団時代は友達も多かった気がするのだが。

二十階の部屋は恐ろしく静かだった。静かなのがよくて選んだのに、テレビをつけて静けさを破る。友達も彼女もいないのは自分だ。誘おうと思えば相手はいなくもないが、それも面倒くさい。

独りでいい。独りには慣れている。はずなのに――。

ぐるぐる落ち着かない自分の感情も面倒くさい。

深夜のくだらないバラエティー番組に、くだらないと文句を付けて気を紛らす。

コマーシャルになって自分の笑顔が映った。ビールを美味そうに飲んでいる。たくさんの人とジョッキを交して楽しそうだ。実生活ではそんなこと、したことはない。

したことがなくても演じることはできる。講釈師は見てきたように嘘をつき、役者は真実のように嘘の人生を生きる。

人生はすべて演技だと言ったのは内田だったか。演じればいいのだ。独りを楽しんでいる自分を。人間関係の煩わしさから解放されて自由を満喫している。優雅《ゆうが》な独身男。

実際、衣食住に不自由はなく、やりたい仕事をしている。他になにを望むことがあるのか。女か、幸せな家庭か。想像してもピンとこない。

一瞬、恵と柏木の姿が脳裏《のうり》をよぎったが、即座に打ち消した。

「風呂《ふろ》入って、寝よ」

起きているからいろいろ余計なことを考えてしまうのだ。明日は撮影もなく、ドラマの番宣でバラエティー番組に出るだけ。予習することもない。

心置きなく現実を放棄し、眠りに逃げ込んだ。


いつだって嘘はつける。息をするように偽りを生きることができる。

「頼くーん、どうしたの？　寝不足？　疲れてる？　心配事でもあるのかなー？」

「いえ。なにもありません。すみませんが、もう一度お願いします」

テレビドラマの収録は無事に終わり、一週間ほど間を置いただけで映画の撮影に入った。頼が演じる正宗の探偵事務所はドラマと同じセット。当然キャラクターも同じ。ただ話が正宗には辛《つら》い方向に傾いていき、どんどん表情は暗くなっていく。劇場版での主役は正宗だと言ってもいいほど、正宗の心が抉《えぐ》られていく。

とはいえ、序盤は軽いいつもの正宗だ。

明るい笑顔で女の子にじゃれつき、軽口を叩《たた》く。それがドラマの時よりも重いらしい。正宗としてはひとつ山を乗り越えているので、若干重くなっていてもいいのでは、と思うのだが、監督が駄目だと言うなら駄目なのだろう。摑《つか》んでいたはずの正宗のキャラクターが遠くなり、とりあえず言われた通りに明るくしてみれば、嘘くさくなってしまった。

「先輩、大丈夫ですかー？　僕のリテイク回数、越える気ですか？」

茶化す桐島にはむかついたが、相手している余裕はなかった。

「頼？　どうした？　体調が悪いのか？」

鈴木が心配して声を掛けてくる。

「いや。大丈夫だ」

自分でもなぜ不調なのか原因がわからず、鈴木にアドバイスをもらいたい気持ちはあったが、できなかった。

自分でなんとかする。できるはず。

人を頼るなと教えられ、誰も頼らずに生きてきたつもりだったのだが、いつの間にか鈴木を頼っていた。失うかもしれない状況になってそれに気づく。

鈴木にとってはマネジメントしているタレント、それだけだ。もう手もかからなくなったし、芝居もそこそこ見られるようになった。そんなタレントの面倒を見続けるより、これからのタレントを伸ばして稼げるようにする方が、やりがいもあるだろうし、評価も上がる。

まさか……鈴木に気にかけてほしくて不調になっているわけではあるまい。まさかそんな、子供が仮病《けびょう》を使うような手は、子供の時だって使ったことはない。本当に具合が悪い時でも誰にも言わなかった。気合いが足りないと言われるだけだとわかっていたから。

今まさに気合いが足りないのだろう。

鈴木を笑って送り出してやるくらいの器もないなんて、祖父の厳しい殿様教育に耐えた意味がない。

まずは自分のすべきことをしよう。

気持ちを集中させ、以前の正宗をなぞって演じてみた。OKは出たが、正宗になれていた実感はない。摑もうと焦るほど遠くなる。気合いは空回りして摑むべきものを見失う。

それでもなんとか今日の撮影を終えた。出番が少なく、特に難しいシーンもなかったのは幸いだった。

「ご迷惑をお掛けしてすみませんでした」

まだ撮影のある内田に頭を下げる。

「そういうこともあるよ。気にしないで」

内田は優しかったが、たぶん納得はしていないだろう。

もう一度頭を下げた時、ぐらりと身体《からだ》が傾《かし》いだ。そのまま倒れそうになって内田に抱き留められる。

「おいおい、大丈夫？　体調が悪いんじゃないの？」

内田が額《ひたい》に手を当てようとして、その手が触れる寸前に後ろから引っ張られた。

「申し訳ございません。うちの向井沢がご迷惑お掛けしました。責任を持って私が連れて帰りますので、どうぞご心配なく。撮影を続けてください」

気づけば鈴木の腕の中。ふわっとその匂《にお》いに包まれて安堵《あんど》する。力を抜きそうになってハッと我に返った。

ここで安堵するからいけないのだ。慌てて体勢を立て直し、鈴木を押しのけた。

「今のはちょっとバランスを崩しただけだから。本当に全然大丈夫です。お騒がせしてすみませんでした」

振り返って、内田と周囲のスタッフに頭を下げた。

「頼くん、ちゃんと寝てる？　眠れないなら僕が添い寝してあげるから言って？」

内田が場の空気を和ますように茶化す。

「お気持ちだけありがたくいただきます」

笑顔でそう返せば、みんなホッとしたように作業を再開した。

「でも本当に大丈夫なの？　なんか最近、肩に力入ってるよ。鈴木くんが忙しいなら、他の人付けてもらった方がいいんじゃない？」

内田は周囲のスタッフには聞こえないよう小声で言った。

「いえ、マネージャーとか関係ないので。俺は独りでも大丈夫です」

頼は安心させるように明るく言ったが、内田は心配顔のまま。鈴木は神妙な顔をしていた。

「とにかく、今日は帰るよ」

鈴木に腕を引かれる。手首を掴む握力が強い。

「離せよ」

痛さより恥ずかしさからそう言ったのだが、鈴木は手を離すことも力を緩めることもしなかった。車で家まで送られ、いいと言うのに部屋の中までついてくる。

「体温測って。なんなら病院に連れていくし」

「大丈夫だって言ってるだろ。今日は自分があんまり腑甲斐《ふがい》なくて、クラッとしただけだ」

「いや、今日の頼はおかしかった。熱があるようには見えないけど、どこか調子が悪いんじゃない？」

「だからなんともないって。うまくいかない日もある。内田さんも言ってただろ」

内田の名前を出した途端、鈴木の表情が消え、その顔を隠すようにうつむいた。

「内田さん……の方が、俺より頼のことをわかっていると？」

押し殺したような低い声よりも、その喋り方に違和感を覚える。

「そうじゃない。とにかく体調が悪いわけじゃないから、おまえは戻って桐島の面倒を見てやれよ。あいつこれから撮影があるんだろ？」

「そんなのはいい」

鈴木らしくもない投げやりな答え。その場から動こうとしない鈴木に焦燥感を覚え、同時にイライラした。

「そんなのって……もういいから行けよ。俺はおまえがいなくても平気だ。それとも俺は新人よりも頼りないのか？」

「そうじゃない。そういうことじゃない」

鈴木は眉間に皺を寄せ、苦しげな顔で首を横に振った。

「俺は独りでもやっていける。放っといてくれ」

そばにいると頼ってしまう。いつまでもそうしてはいられない。誰かに寄りかかったままでは歩けない。

「もう俺は必要ない？」

「ああ」

きっぱりと突き放せば、パキンと頭の中でなにかが割れる音がした。

芸能界という海を同じ流氷に乗ってここまで二人で進んできた。それが今、真っ二つに割れた。自分が割った。これからは違う潮流に乗って、凍えるような寒さも荒波も独りで乗り越えていく。

「そうか……わかった。でも……あんまり内田さんに気を許しすぎないで」

「おまえはなにを心配してるんだ？　俺が内田さんとどうにかなるかもって？」

鈴木がそこまで内田を気にする理由がわからない。

「内田さんは、女はもういいって言ったんだ。……おまえのこと、すごく気に入ってるし」

確かに内田は、女は死んだ妻だけでいい、と言っていた。でもそれが男に走るという意味になるわけではないだろう。

「一緒に寝ててもなにもなかったのに？　俺はそんな対象じゃないよ。男に走るにしても、もっと可愛い感じのが芸能界にはいっぱいいるし」

「頼は自覚がなさすぎる」

「あのなあ、おまえがなにを危惧《きぐ》してるのか知らないけど、もし俺と内田さんがそうなったとして、それがなんだっていうんだ。それもひとつの経験だろ？　芸の肥やしになるかもしれないし、なにか吹っ切れるかもしれない」

自棄《やけ》になって言った。そうなる気なんて微塵もないが、普段の自分が絶対にしないことをしてみれば、なにか突破口になるかもしれない。この胸の内のモヤモヤしたものが晴れるならやってみてもいい。

「なに馬鹿なことを。あんなに恵くんたちのことを毛嫌いしていたくせに」

「恵たちのことは……もういいんだ。最初は不快だったけど、あいつが幸せならいい」

「それで自分も男と寝てみようかって？」

「別に寝たいわけじゃねえよ。でもおまえが気にしすぎるから……。なにがあっても自分の始末は自分でつける。おまえに迷惑は掛けな――」

「頼！」

いきなり大声で怒鳴られて驚いた。

自分がなにを言っても、鈴木はいつも穏やかに受け流すばかりで、諌められたことはあっても、怒鳴られたことは一度もなかった。

鈴木の本気で怒った顔は、今まで見たどんな鈴木の表情より鮮烈だった。これは演技ではない生の輝き。それが怒りという感情でも見惚《みと》れてしまう。

「それ以上言うな。僕は……そんな隙《すき》だらけのきみを放っておけない。ひとつのスキャンダルで役者生命を絶たれることだってあるんだ」

怖いほど真剣な顔が目前に迫る。

「そんなことはわかってる」

そう言い返すのが精いっぱいだった。無意識に一歩後ろに下がり、背中が壁にぶつかる。ハッと振り返ろうとした目の前に鈴木の腕が伸び、壁に手をついて、顔を一層近づけてくる。

「俺以外に隙を見せるな」

初めて聞く命令口調。吐息《といき》が触れるような距離で、威嚇《いかく》するように囁かれた。

迫力に呑《の》まれそうになって、意地を総動員する。

「おまえが自分のことを俺って言うの、初めて聞いた。なに、鈴木って実はそういうキャラなの？　本性隠してる奴に隙なんか見せられるかよ」

言い返して睨みつける。間近に視線が絡みつく。

先に逸らしたのは鈴木だった。途端にピンと張っていた糸が切れ、頼は密かに息をつく。

「誰だって、見せるのは自分に都合のいい面だけだ。桐島に、俺は手がかかるって言ったんだろ？　もう俺の世話はしなくていい。心配もいらない」

「頼……」

「明日の稽古をするから、もう帰ってくれ」

こんな感情のままじゃ稽古しても今日の二の舞だろう。もっとひどいかもしれない。それでもやるしかない。できない、なんて絶対に言いたくないのだ。

目の前から動かない鈴木を押しのけて、足を踏み出す。

「――行くな、頼」

後ろから伸びてきた手に引き戻され、強く抱きしめられた。

「頼……独りで行くな」

切羽詰まった声と力強い腕に抱きしめられ、力が抜けそうになった。身体を預けそうになって、ギュッと拳《こぶし》を握る。

「なに言ってるんだ？　おまえがゲイなんじゃないの？」

その胸を突き飛ばし、わざと蔑《さげす》むように言った。寄りかかってしまいそうになった自分を戒《いまし》めるために。一瞬喜んだ自分を打ち消すために。

決して、鈴木を傷つけるためではなかった。

でも明らかに傷つけた。どうやらそれは、言ってはいけない核心だった。

鈴木のひどくショックを受けた顔を見て、後悔したけどなんのフォローもできなかった。

「ごめんね、頼。僕はもうきみのマネージャーではいられない。ちゃんとした人を専属で付けてもらえるよう、社長に頼んでみるよ。……ごめん」

鈴木はかすかに笑みを浮かべてそう言うと、目を合わせることなく背を向けた。

行ってしまう。鈴木が自分から離れていく。いなくなる。

引き留めたいのに、その場から一歩も動くことができなかった。

「おはよう、頼」

翌日にはいつもの冷静で穏やかな鈴木に戻っていた。黒縁眼鏡にグレーのスーツの地味で冷静な男。だけどその内側に熱いものがあることを知った。

「悪いけど、次が決まるまでは僕が掛け持ちを続けることになった。最後まで精いっぱい務めさせてもらうよ。公私混同はしないから、安心して」

「ああ」

もっと他に言いたいことがあるのに、近づけない。その熱に触れるのが怖くて。どう触れていいのかもわからなくて。

鈴木は自分のことが好きだと、そういうことでいいのだろうか。それを確かめることすらできない。好意を向けられたことは多々あれど、こういう胸がザワザワする感じは初めてだ。好意を受け入れるか決めかねて、離れていこうとする相手を引き留めるべきかどうかもわからない。

「鈴木さーん。あれがないんだ、僕の帽子。知らない？」

楽屋の中から聞こえてきた桐島の声が、二人の間の微妙な空気を破った。

昨日はあんなに突っかかっていたくせに、すっかり元通り。甘えた声でどうでもいいことを訊く。鈴木に懐柔されたのかもしれない。そういうのはとてもうまいのだ。共演者で、いつの間にか自分より鈴木と仲よくなっていた人がけっこういる。

これから桐島専属になるのなら、機嫌は取っておくべきだ。

「あ、先輩、おはようございます。今日は調子戻りました？」

楽屋から顔を出した桐島が、頼に気づいて嫌味ったらしく訊いてきた。

「うるせーよ」

桐島の顔は見たくなかった。元々気に入らないが、今はだいぶ私怨《しえん》めいた気持ちが入っている。マネージャーを取られた、なんて桐島には一切非のないことだ。

さっさと背を向けて楽屋に向かう。

「あー、あった！　さっすが鈴木さん」

能天気な桐島の声が聞こえて、背後でパタンとドアが閉まった。

それは俺のマネージャーだ！　なんてことを言いたくなる。でも、抱きしめられたことを思い出した途端に怖《お》じ気《け》づく。

いったいいつから？　キスした時は……じゃああのディープキスは……。

思い出してボッと顔が赤くなる。だとしたら、公私混同も甚《はなは》だしい。ここは怒るところなのに、湧いてくるのはそういう感情ではなかった。むず痒いような恥ずかしいような、ソワソワする落ち着かない感情。

自分の感情なのによくわからなくて、ただただ戸惑っている。

「やあ、頼くん。気分はどう？」

「昨日はいろいろとご迷惑お掛けしました。もう大丈夫です。元気です」

前室で内田と遭遇し、頼は頭を下げた。

「元気って顔には見えないけど……。独りで頑張っちゃうタイプだよね、きみは」

「すみません」

「謝ることはないよ。でも、寂しいなあと思ってる人はきみの周りにいっぱいいるよ。たぶんね」

「……ありがとうございます」

独りで頑張るなんて普通のことだろう。心配されてしまうのは、頑張ってもできていないから。誰も頼らずできないより、頼ってでもできる方がいいのだろう、たぶん。だけど誰にどう頼ればいいのか。わからなければ独りで頑張るしかない。

撮影は予定通りに進んでいた。

序盤では軽い男だった正宗も徐々に真剣な顔をすることが増えていく。そうなるとわりと楽に役に入り込むことができた。

しかし撮影は時系列通りには進まない。時に軽い男に戻らなくてはならなかったが、もう醜態は晒《さら》さなかった。

独りになることが確定したからかもしれない。撮影中、役に入り込んで現実を疎《おろそ》かにするのは頼にとって日常だ。現実から離れられない方が異常だった。

向井沢頼のことは後回し。正宗渉《わたる》のことだけを考える。鈴木のことは雑用をやってくれるありがたい人として、胸の奥にわだかまっている想いには蓋をした。

嘘の人生に全身全霊を投じて生きる。

謎の男、レイに正宗の心は掻き乱される。疑心暗鬼が生じ、信じたはずのものをまた疑いはじめる。

誰も信じられずボロボロになる役は、今の頼にはぴったりだった。気持ち悪いほどシンクロしてしまう。

『俺が悪いんだ、俺が、全部……』

人の罪まで背負い込もうとする。その心情は頼にはわからない。でも正宗ならそれは自然の流れ。普段軽いのは、重いものを背負うことを恐れているから。つまり逃げているのだ。

しかし一旦罪の意識に捕まってしまえば、それに関連する他人の罪まで引き受けてしまう。

背負いきれるはずがない。

それを心配そうに見守り陰で支える一谷。

撮影も終わりが近づき、内田に飲みに誘われた。

明日は、一谷への疑惑が晴れ、共に前を向いて歩き出す、というシーンを撮影する予定だ。

この先はもう対立するシーンを撮る予定はない。一谷と正宗の仲がぎこちない間、内田があまり話しかけてこなかったのは、どうやら気を遣ってくれていたらしい。

「頼くんは器用そうに見えて、どうもそうじゃないみたいだから」

ある程度親しくなった人には必ずといっていいほど言われる言葉。

「そんなことはないです。たまに不調になる時はあるけど、基本的に器用です」

そう言い張るのもいつものこと。

前にも来た居酒屋の個室。今回は日付が変わる前には帰る予定だ。前回の失敗を踏まえて、ではなく、明日も朝から撮影があるから。

内田と飲みに行くことは鈴木には言っていない。最近は必要最低限の会話しかしていなかった。

送迎もしてもらってないので、誰と飲みに行くかなんていうプライベートは言う必要がなかった。しかしどうも後ろめたい。鈴木の心配など杞憂《きゆう》に決まっているのだが。

「きみといると、僕は楽しいよ」

「ありがとうございます。俺もです。内田さんは奥さんにもそんなふうに優しかったんですか？」

牽制《けんせい》しているのではなく、純粋な興味だった。

「ん？　そうだね。若い時はいろいろあったけど、あんまり声を荒らげるようなことはなかったかな」

「そうですか。そういうのは、いいですね」

「優しくされたい？」

「んー、優しくしたい、かな。俺は基本的にあまり優しい人間ではないので」

「なるほどね。でもそう考えている時点でけっこう優しい人間なんだと思うよ。人を傷つけた、とかずっと気にしてるんだろ？」

一瞬、鈴木の顔が脳裏をよぎった。

「傷つけて失敗したって思っても、謝れないんです。優しくないっていうか、意固地なんですかね」

どんなに傷つけてもへこたれない恵の存在がこの性格を助長したに違いない。わりとどうでもいい人には謝れるのに、近い人には折れることができない。

「へえ、そうなんだ。でも、意地を張るって、相手に甘えてるってことじゃない？　僕はそういうのけっこう好き」

「甘えて……」

そうじゃないと言いたいけど、そうかもしれないと思う。謝れない相手は、恵と鈴木くらい。謝らなくても許してもらえるという甘えがないとは言えない。

「僕も甘えてほしいな」

自分を見る内田の目が甘いような気がするのは、鈴木に毒されてしまったせいか。内田が自分など誘うはずもない。

「俺は自分で言うのもなんですけど、面倒くさいですよ」

「ますます好みだ」

「好みって……あの、内田さんって男もイケる人ですか？」

面倒になってストレートに訊いてみた。そこをはっきりさせてしまえば、鈴木に言えることもある。

「イケるよ？　頼くんは？」

否定してほしかったのに、あっさり肯定されてしまった。むしろ気づいてなかったのかとばかりに苦笑された。

「いや、俺は……ちょっとないです」

男がイケるかなんて正直、鈴木のことがあるまで考えたことがなかった。恵が男と付き合っても、男に誘われても、内田の横に裸で寝ていても、ちゃんと考えてみたことはなかった。頭から無理だと思って、検討の余地もなかった。

今でもそれを真剣に考えたとは言いがたい。ただ、鈴木に抱きしめられたのは嫌じゃなかった。キスも、気持ち悪いとは思わなかった。

「ないんだ？　ふーん、じゃあ……なんだ、片想いなのか……」

内田がボソッと呟いた。

「え？　あ！　内田さん、鈴木のこと知って……」

「おやおや。それは知ってるってことは、鈴木くんが告ったたってことか。言わないつもりだと思ってたんだけどなあ。あ、それでぎくしゃくしてるのか⁉　……あー、そっかー。あんまり警戒されるからちょっと意地悪しちゃおうかなって思ったんだけど、なんか可哀想《かわいそう》になってきちゃったな」

「内田さん……お見通しですか。すごいですね」

「お見通しっていうか、鈴木くんは威嚇してくるから、わかりやすかったし。それに、噂《うわさ》も聞いたことがあったから」

「噂？」

「僕は劇団関係に友達多いからいろいろ聞くんだけど……わりと遊び人だとか、誰とでも寝るとか、あくまでも噂だけどね」

「誰とでも……」

「身体で仕事を取るとか、不祥事を揉み消すとか」

「そ、それはない、はずです。不祥事とか別にないし」

「まあ、真実じゃない記事でも載っちゃったらアウト、みたいなところはあるからね、この業界。きみが前に生意気だって書かれてた時、女優を殴《なぐ》ったとかいう記事が出たでしょ。あれはデマだよね？」

「俺は女を殴ったことなんてありません」

「だよね。でも未《いま》だに本当だと思ってる人もいる。事実無根でもイメージダウンになってしまうから、できることなら揉み消したい。そのためにコネを使うとかはあるよ。止める力のある人と寝るっていうのは、ありがちだけど……鈴木くんは余程テクニシャンなのかな」

「知りませんけど」

なんだかすごくムカムカする。鈴木には容姿じゃない付加価値がないと、と言いたいのか。鈴木が自分のために誰かと寝るとか……誰とでも寝るとか……どれもすごく気に入らない噂ばかりだ。でもそれをデマだと決めつける材料を自分は持っていない。

鈴木のプライベートはなにも知らない。知ってるのは、キスはちょっとうまかったということくらいだ。

「鈴木はもう俺のマネージャーから外れるので、もししてたとしても、俺のためにそういうことはしなくてよくなりますよ」

「え、そうなの？　頼くんが外してって言った？」

「言ってません。あいつが勝手に……いやたぶん俺のためなんですけど」

「そっか……なんか残念だな。きみたちのコンビ面白かったのに。あ、それじゃあ僕と付き合わない？」

「男はないです」

「そういう決めつけ方はもったいないなあ。まあ僕も妻と付き合うまで、女はないって思ってたんだけどね。ゲイの自分に結婚はないって諦めていたよ。でも彼女に、そういうふうに愛せなくてもいいからそばにいたいって言われて、僕もそばにいたいなって思えたから付き合いはじめて。本当の夫婦になるには紆余《うよ》曲折《きょくせつ》あったけど、今では世界で一番好きな人だよ」

内田の妻が死んだのはもう何年も前なのに、一番好きだと言い切った。それはとても素敵だけど、一途に愛を捧《ささ》げる気はないらしい。

「じゃあ、内田さんはないですって言い直します」

「ひどいなあ。検討もしてくれないんだ。僕はそんなに魅力ない？」

「俺は自分が一番じゃなくてもいい、なんて思えるほど内田さんに惚れてないし、やっぱ一番になりたいし」

「よかった。誰かの一番になりたいって気持ちはあるんだ。頼くん枯れてるっぽかったから、それなら僕でもって思ったんだけど。死ぬまで……死んでも一緒にいたいって思える人が現れるといいね」

内田は優しい。きっと一番を望まなければ、居心地のいい場所を与えてくれるのだろう。でもそれには魅力を感じない。誰かに安心や安定を与えてほしいとは思わない。そんなところにいたら自分がくじけてしまう。自分が軽蔑する自分になってしまう。

子供の頃は愛されたいと思っていた。優しくされたかったし、頭を撫《な》でてほしかった。それが与えられぬまま大人になって、今ではそれを恐れている。

優しくされて満足している自分なんて自分じゃない。そんなふうにはなりたくない。崖《がけ》っぷちに立っても上を向いていたいと思う。飛び込もうとする時に、危ないからやめてこっちにおいでと言ってくれる優しい人より、高く飛べと背中を押すひどい人の方がいい。それか、一緒に飛んでくれる人。地獄の底まで付き合ってくれる人。

それから二時間ほど飲んで、予定通り日付が変わる前に解散したが、少し飲みすぎたかもしれない。腹を割って話したことで、開放的になって盛り上がってしまった。

愛にはいろんな形があって、誰もが愛し愛される可能性がある。

そんなことを内田は語り、可能性なんて言ったらなんだって肯定されてしまいますよ、と頼は真っ向から因縁《いんねん》を付け、そうだよ可能性は無限だよ、と言う内田を、お節介な愛の伝導師、とからかう——くらいには打ち解けた。

楽しかったが飲みすぎた。

「頼くん、いやー、昨日はいい夜だったね」

頼が挨拶しようと近づくと、内田はご機嫌で片手を上げ、頼の肩を抱いた。

「ごちそうさまでした」

「嫌だなあ、そんな他人行儀な。僕ときみの仲じゃあないか」

肩をポンポンと叩き、顔を近づける。たぶん内田はわざとやっているのだ。そばに鈴木がいるのをわかってやっている。後方にいる鈴木がどんな顔をしているか、見たい気もするが見る勇気はなかった。

怒ったり不機嫌そうな顔をしているならまだいい。もう関係ありません、という顔をしていたらと思うと怖くて振り返れなかった。

「二人で飲みに行ったんですかー？　僕も誘ってくれればいいのに。先輩、冷たいな」

口を出してきたのは、さっきまで鈴木の隣にいた桐島だった。

「おまえが俺と飲みたいとは思いもしなかったよ。嫌いな奴と飲んでなにが楽しい？」

「嫌ってませんよ。先輩は我が校のスーパースターなのに」

「そういうことを言うから嫌われてると思うんだろ」

「まあ好きでもないですけど」

「ああそうかよ」

桐島は相変わらず人を小馬鹿にしたような顔で笑う。ムッとしつつ、さりげなく振り返れば、鈴木はもういなかった。

楽屋に入って椅子に座ると、なんだか力が抜けた。テーブルに突っ伏す。

酒が残っているわけではないが、身体が重い。

内田と楽しい夜を過ごしても、埋まらないなにか——。いや、余計に欠落が如実になった。

ドアがノックされた。このタイミングで入ってくるのはひとりしかいない。

「どうぞ」

ドアが開いて入ってきた男を、テーブルに頬《ほお》をつけたまま見る。

「なに、まさか二日酔いじゃないだろうね？」

鈴木はその姿を見るなり眉を寄せた。

「いや。気分はいい」

「じゃあもっとシャキッとしたらどう？　きみのそういう姿は……みっともないからやめた方がいい」

そう言われて頼はテーブルから顔を上げた。入ってきたのが鈴木以外の人間だったら、すぐに顔を上げて背筋を伸ばしていた。こんなだらけた姿は、スタッフはもちろん、素面《しらふ》ならば内田にも、恵にだって見せない。これからは鈴木にも見せられないのか。

「頼、どうしたの？　そんな覇気《はき》のない顔。さっきまで楽しそうだったのに」

「見てたんだ」

「見てたよ。きみのことはいつも見てる。目が離せないんだ。……なにかやらかすんじゃないかって」

久しぶりに目が合って嬉しかった。そして妙に照れくさかった。しかしすぐに視線は逸らされて悲しくなる。

「別になにもやらかさないし。俺は独りでも大丈夫だって言っただろ。見張ってなくてけっこうだよ」

感情は表情には出さない。言葉は攻撃的に突き放す。

「頼がしっかりしてるのは知ってるよ。転んでも失敗しても、ちゃんと自分で立ち上がれるしやり直せる。頑張ってるところなんて人に見せないで、全然楽勝って顔してね」

「まあ、楽勝だし」

鈴木がクスッと笑って、頼は口を尖らせる。強がりを強がりと見抜かれるのは恥ずかしいけど、鈴木だとちょっとホッとするのだ。

「俺が……もうできないって言ったらどうする？　もう演じられないって」

なにもないテーブルの表面を見つめながら問いかける。

「演じられない？　頼が？」

「俺が」

「そんなことあるわけないんだけど……」

「あるかもしれないだろ」

「そうだな。きみができないって言うなら、よっぽどのことなんだろうし、それならそれでしょうがないかって思うだろうけど……」

なんだかんだ言ってもやっぱり鈴木も優しいのだ。

「とりあえず一回はぶん殴ってみるかな」

「……は？」

「二回くらいは殴ってみないとわからないかも。あ、顔じゃなくてボディな、ちゃんと」

「なにがちゃんと、なんだよ。殴るって」

「きみは負けず嫌いだし。ああでも、かえって『いいよいいよ、僕が養ってやるからいじけてていいよ』とか言ったら、奮起するかもしれないいな。うん……いいな。嘘でもそういう甘やかすみたいなの、やってみたいな」

鈴木は実に楽しそうにニヤリと笑った。

「はあああ!? 今、ゾッとした。冗談じゃねえ」

「ほら、すごく元気になる。宥《なだ》め賺《すか》してやる気を促すより効果的だ。……きみはどっちみち演じるようになる。やめられないよ。自分で思う以上にきみは役者なんだ。好きなんだよ、演じることが。だから絶対、やめさせない」

「なんだよそのお見通しみたいの……」

「なにせこの五年、きみのことだけを見てきたからね。朝から晩まできみのことだけ」

じっと見つめられて、じわりと目を逸らす。甘やかすという嫌がらせに入ったのかと疑いたくなる甘い瞳。

プライベートは詮索《せんさく》するなと言われて、それを知りたいと思っていたけど、詮索するほどのプライベートもなかったということか。朝から晩までずっとそばにいた……。

そしてハッと思い当たる。プライベートというのは私生活のことではなく、心の中のことだったのか。まさかずっと、好きだったということか？

「でも、けっこう遊んでたって聞いたけど」

内田に聞いたばかりのことを思い出した。

「誰がそんなこと」

眼鏡の奥の瞳がスッと細められた。

「思い当たる節《ふし》があるんだ？」

「ないよ。遊んでる暇なんてなかったし、そんな気にもならなかった」

「ふーん」

「それより、なんで演じられなくなったら、なんて訊いたの？　まさか、今そういう気分だとか言わないよね？」

「んなわけないだろ。俺はこの仕事、好きだし」

見透かされているのは悔しいけど、ちゃんとわかってくれているのは嬉しい。

「だろうな」

そう言った顔が少し自慢げで、なんだか可愛かった。

殴ってでもと言ってくれたことが、本当は馬鹿みたいに嬉しかった。

「僕は楽しみにしているんだ。きみが見せてくれる顔を。今日も楽しみにしてる。正宗はこの後、極上の笑顔を見せてくれるはずだからね。できないなんて、まさか言わないよね？」

鈴木はニヤニヤと挑発するように言った。

「言うわけないだろ。俺が最っ高の笑顔を見せてやるよ。ちゃんと見てろ」

挑発に答えて、自信満々に言う。

優しくされたかった子供の頃とは違う。殴ると言われた方が嬉しいなんて、自分でもどうかしてると思う。祖父の教育の賜《たまもの》か。もしかしたら、そういう生来の気性を祖父は見抜いていたのかもしれない。

昔は確かに甘やかされたかったのに。今はただ優しく甘やかすばかりの内田より、意地悪で甘くない鈴木の方がいい。

いやたぶん、他の誰よりも……。

「ああ。見てるよ、遠くから」

鈴木は現実を思い出したように小さく笑って、部屋を出ていこうとする。

頼は思わず立ち上がって足を踏み出していた。離れていく鈴木との距離を自分から詰める。ドアの前で鈴木の腕を引き、驚いて振り返った鈴木の顔に顔を寄せた。首の後ろに手を回し、正面から額をつけるようにして見つめる。

「な、に……」

「鈴木……逃げんなよ」

脅すような低い声で、しかし若干甘く掠《かす》れた声で言えば、鈴木は見事に固まった。その口が開く前に、頼はニッと笑って、ドアから鈴木を追い出した。

鈴木はわけがわからないだろう。でも今はお預けだ。

この映画が終わったら向き合う。もう自分も逃げない。

髪をセットしてメイクをし、服を着替えて正宗に変わる。その姿で現場に入れば、鈴木は声を掛けてこない。目は合ったが、なんの意思の疎通もなく通り過ぎる。

そこにいればいい。見られているとわかれば、それを忘れて集中することができる。

最高の演技を見せてやる。

場所は一谷の探偵事務所。プレジデントチェアに腰かけた余裕の面差《おもざ》しの一谷。その前に立つ険しい形相《ぎょうそう》の正宗。窓からの日差しは翳《かげ》って、正宗の顔は暗い。

『みんな……誰だって心を見せずに生きている。だから俺はずっと、隙を作って人の心の裏を覗いていた。でもあんたのは見えない。あんたは……その優しげな顔の下でなにを考えている？　俺はあんたを、信じたいんだ……』

正宗は一谷の顔をじっと見つめる。本当はわかりたいのだと、自分に見せている顔が本当の顔なのだろう？　と、縋《すが》るように。

『きみは、きみの信じたいものを信じればいい』

『でも、それじゃ……』

『人の心なんて確かなものじゃない。信じるには儚《はかな》すぎるものだ。本当はなにも信じるなと言いたいところだけど、きみは信じないと動けないんだろう？　だったらもう自分の感覚を信じるしかない。きみがこれまで培ってきた感覚をね』

一谷は自分を信じろとは決して言わない。一谷には一谷の信念があり、それを正宗のために曲げるなんてことはしない。一谷に裏切られたと思い込んでいた年月で、そのことは思い知った。

となれば、正宗が知るべきは一谷の信念。それはだいぶ正確に摑んでいると思っている。

『自分の感覚を……自分を、信じる……』

自分の心に染み込ませるように正宗は呟いた。もし裏切られても、それは己が信じるものを間違えたから。自己責任。

『まあこれも、裏切りの前振りかもしれないけどな』

一谷はニヤッと笑う。ずるい男だ。でもこれが一谷なりの誠実さなのかもしれない。

『わかったよ。あんたなんか信じない。俺は、俺を信じる』

そう決めただけで、長くさまよっていた暗黒の迷宮を抜ける。なんと簡単なことだったのか。

雲は流れ、翳っていた日が差す。正宗の表情を明るく照らす。

『俺は俺を信じて、あんたを信じる』

正宗の顔に、すべて吹っ切れた最高の笑みが浮かんだ。

「はいはいはい、カーット！」

その声が掛かった途端、その場にいたすべての人が詰めていた息を吐き出した。ピンと張っていた空気が一気に緩む。

監督の「はい」の多さは、そのシーンの満足度を表している。三回は最上級。技術的ミスなどがなければ、このシーンが撮り直されることはまずない。

監督にも内田にも褒められた。周囲を見回せば、鈴木と目が合った。

鈴木が笑う。

それだけで満たされる。歩き出した頼の顔にも最高の笑みが浮かんでいた。

◇

頼のクランクアップの日。最後の撮影は廃工場のざらついたコンクリートの上だった。

もう少しで正宗でなくなる。それが少し寂しい。しかし最後のカットがかかるまで、自分は正宗渉だ。

『なんで、あんたがここに？』

両手両足を縛られて倒れている正宗。そこに一谷が現れる。ここに来るはずのない人。

『さあ、なんでかな。少なくとも、きみを助けに来たわけじゃない』

『だろうな』

『ついでに助けてやってもいいんだけど……。助けてください、一谷様って言ってみる？』

一谷は正宗の前にしゃがみ込み、ニヤッと笑って言った。

『誰が言うか』

『そう言うと思った。じゃあもうちょっとここに転がってて』

一谷は去り際にライターを落としていった。偶然、ではないだろう。これで縄を焼き切れということなのか、点火した途端に爆発する、という可能性もなくはない。

でも、それはないと判断する。

ガスの匂いはしないし、なにより一谷が殺しをするはずがない。それは一谷の信念に反する。

ずるずると這《は》ってライターに近づき、後ろ手に縛られている手でそれを摑む。座って、慎重に火を点けた。

『あちっ……くそ、もっと高級なライター置いてけよな』

毒づいてライターをカチカチと鳴らす。見えない状態で火を点けて、手首の縄を炙《あぶ》るのは難しい。

そこで監督からカットがかかり、スタッフの手で縄が炙られる。

「熱いですか？」

「いや、大丈夫」

ここからは縄を炙って切ろうとしている演技に変わり、そこに桐島が演じる謎の男、レイがやってくる。

鈴木が本気で指導したのか、桐島の演技はずいぶんとマシになった。喋らない演技が一番いいのは変わってないが、発声はよくなったし、表情も細かなところが変わってわかりやすくなった。

さすが鈴木という思いと、かすかな嫉妬。

本番前、桐島は頼の前にやってきて、見下ろしながらニヤッと笑った。

「先輩、こういう薄汚れた格好だと、男っぷりが上がりますね」

「今は先輩じゃない」

「俺は直前に切り替えるタイプなんで。先輩って意外に不器用ですよね。普段も半分くらい役が入ってるし、切り替え下手くそ」

おまえは切り替え以前の問題なんだよ！　と睨みで訴える。今は余計なことを話して気を散らせたくない。

「そういうところは可愛い、かもしれない……」

桐島の漏らした言葉には眉を顰《ひそ》めずにいられなかった。そして、はたと思い当たる。

「おまえ……もしかして緊張してるのか？」

なかなか衝撃的な展開がこの後に待っている。

「別に！　ただ僕はこういうシーン初めてなのに、なんで男と……」

「おまえの姉は俺のせいで殺された。そうじゃなかったと知っても尚、解けないこの執着はなんなのか。無理にでも自分の方を向かせたい衝動。そこに性別は関係ない」

「頭ではわかってますよ。でも……」

「相手を可愛いと思わなきゃできないなんて、おまえこそ可愛いな」

頼はニッと笑ってみせた。それは正宗がかつて恋人の弟に見せたであろう表情。本当の弟だと思って可愛がっていた。

桐島は珍しく言い返しもせず、黙ったままその場を立ち去った。

桐島の背を見送りながら、無意識に視線を巡らしていた。自分がなにを見つけようとしているのかに気づいて、ハッと視線を戻す。習慣というのは恐ろしい。

「じゃあ行きまーす。……用意、スタート！」

監督の声が響き、頼は手首をモゾモゾと動かす。もうちょっとで切れる、そんな演技。暗がりから近づいてくる人影に気づき、目を細める。

『おまえ……』

現れたレイはうっすら笑った。

『正宗さん。寂しかった？　怖かった？　姉さんの気持ちが少しはわかったかな。姉さんはあなたに、助けてほしかったんだよ』

『そうか、おまえは舞《まい》の弟か……。大きくなったな』

『顔を見ても全然気づかなかったね』

『悪かった。でもおまえ、変わりすぎだろ？』

会ったのはもう十年近く前。恋人の弟はまだ幼かった。

『そりゃ変わるよ。姉さんが死んで、親に捨てられて、施設には馴染《なじ》めなかった。あなたが知ってる僕は、一番幸せだった時の僕だ』

今までのレイの行動の謎が正宗の中で解けていく。

『そうか。俺は自分のことでいっぱいいっぱいで……悪かったな。おまえは、俺にどうしてほしいんだ？　死んでほしいのか？』

『違う』

『謝ればいいのか？　土下座するか？』

『違う！　違う違う、そうじゃない！』

レイを突き動かす、想い。正宗の胸ぐらを摑んで引き寄せ、口づける。乱暴なキス。

驚いたのはお互い様。正宗よりもレイの方が自分のしたことに衝撃を受けている。

『ば、罰《ばつ》だよ！　気持ち悪いだろ、男にキスなんかされて』

レイは焦って言い訳を口にする。泣きそうな顔をして。

『レイ、落ち着け』

『僕は、姉さんには似てないから……。僕は……僕なんて、誰もいらないんだ……』

『気持ち悪くなんてないよ。舞の代わりになんかならなくていい。ひとりにして悪かったな。ごめんな』

正宗はレイを抱きしめ、あやすように背中をポンポンと叩く。

『縄、は？』

『切った』

『そう。じゃあもう……いいや』

『おい、ちょっと待て、レイ！』

レイは走り去り、正宗は慌てて足の縄を切り、追いかける。

『レイ！』

こっちじゃない、そんな声が自分の中から聞こえた。この方向で走り抜けることができるのか、わからないけど追いかける。

レイの足がコードに引っかかり、前のめりに転んだ。なんでこんなところに、と文句を言いかけたその上に倒れてくる工場の資材。

『レイ！』

正宗はレイを抱きしめる。正宗ならきっとそうするはず。民を護るのは藩主の務めで、後輩は押し潰すもので——。

実際にはそんなことを考えている暇などない一瞬のことだった。

ガッシャンッ！　と大きな音が廃工場に響き渡る。硬くて重いものがコンクリートにぶつかり、ガラスやいろんなものが壊れる音。破壊音。もうもうと土埃《つちぼこり》が立つ中で、頼の耳に聞こえたのはひとりの声だけだった。

「頼！」

上に乗っていた物がのけられ、抱きしめていたものが引き出され、そしてなにかに強く抱きしめられた。

意識が遠のいていく中、狭い視界にうっすらと、必死な鈴木の顔。ここはとても居心地がいいな……そう思ったのを最後に、意識は闇《やみ》の中に落ちた。

顔に傷が残るかもしれない。

病院のベッドの上、目覚めてぼんやりといろんな心配顔を見た。

心配する顔にもいろんなバリエーションがあるものだ、と思う。その人の思惑が絡んで、表に出す顔が違ってくる。

自分のせいだ、という自責の念。稼ぎ頭が……という未来への不安。そしてこれは、どういうことなのか。ただひたすら安堵している顔。

「頼、わかるか？　わからないならいい。また後で……」

「わかる。顔に傷が残る？　じゃあ俺、役者はもうできないってこと？」

「いや、そんなことはない。なんとしてもおまえの傷は消してやる」

そう言ったのは、事務所の社長だ。稼ぎ頭に消えられるのは痛いに決まっている。十年分の情もあるだろう。頼をこの道に引き込んだ責任も感じているのかもしれない。

「そんなに意気込まなくてもいいですよ、社長。あなた、入れ込みすぎるとわりと失敗するし」

「怪我してても失礼だな、おまえは」

ホッと安堵の空気が流れる。

頭の心配もされていたのかもしれない。やっと意識がはっきりしてきた。

いろんな心配顔を見て、これは演技に使えるかも、なんて無意識に思っていたのに。使うことはないのか……。

「先輩……すみません、僕が間違えたから。庇《かば》ってくれなくてよかったのに。なんであんな余計なこと！」

桐島は泣きそうな顔で文句を言う。

「はいはい、あの時はまだ役が入ってたから庇ったんだ。おまえだと思ってたら、誰が護るかって。だからおまえは気にするな」

「なんでそんな、いい人みたいなこと言うんですかっ。恩に着せれば、僕はあなたの奴隷《どれい》なのに」

「いらねえよ、おまえみたいな奴隷……」

顔を動かせば痛みが走った。右の頬からこめかみにかけて、ジンジンするのと、引きつるような感覚と。

「先輩の、馬鹿」

うつむいて握った拳を震わせる。泣いているのかと馬鹿にする気力はなかった。

「桐島、次の仕事行ってこい」

「え？　え、あ、はい……」

鈴木の命令に桐島は戸惑いながら従う。次の仕事なんてないのかもしれない。

「私が送っていこう。頼、無理はするなよ。おまえの面倒は私がちゃんと最後まで見るから」

「だから気負わなくていいですって。事故には気をつけて」

軽口を言って送り出せば、桐島がまた泣きそうな顔になる。どうやらかなり責任を感じているらしい。

「わりといい奴だったんだな、桐島」

二人が出ていって、病室にひとり残った鈴木に言えば、鈴木は肩をすくめた。

「あれでもおまえのことは尊敬してたんだよ。だからもう真っ青になって。先輩が死んだら僕も死ぬって大変だったんだから」

「絶対死なないよな」

「死なないな」

枕元の椅子に座ってフッと笑う。鈴木はなんだかとても力が抜けているように見えた。

「僕は死ぬかもしれないけど……」

力が抜けたままそんなことを言う。

「俺は……役者はもう無理なのかね。新しいマネージャーはキャンセルだな」

関係のないことを言う。死ぬなんて言われて嬉しがるなんて、それはちょっと駄目だろう。

「役者のことはまだ確実なことは言えないけど、新しいマネージャーはキャンセルした。というか、桐島のマネージャーに振り替えた」

「……ん？　いいのか、桐島は」

「もう大丈夫だよ、あいつは。ていうか、俺がもう無理だ」

「俺?」

「ああ……もうなんか、いろいろ駄目だな。ボロが出まくりだ。これでもすごく動揺してるんだよ」

鈴木は頭を抱えた。

「動揺してボロが出て……ってことは、やっぱり普段は無理してたんだな」

「してたよ。ずっと。マネージャーという役を完璧に演じてきたつもりだ」

マネージャーになる前の鈴木は、自分のことを俺と言っていただろうか。思い出そうとするけれど、もう思い出せない。マネージャーとしては確かに完璧だった。それなら今まで自分が見てきた鈴木はいったいなんだったのか。

「マネージャーはもう懲り懲りってことか?」

ひどくショックを受けている。もう役者ができないかもしれない、というのはまだ現実味が湧かなくて、それよりもずっと、自分が見ていた鈴木が本当の鈴木ではなかったかもしれない、ということの方がショックだった。傷口がジンジン痛む。

「頼、なにか勘違いしてるだろう?」

「勘違いって、なにが……」

「マネージャーに懲りたんじゃないよ。きみ以外のマネージャーをすることに懲りたんだ。きみのために離れようと思った。でも俺は、どんな無理をしてでも、きみのそばにいたい。

そのためなら自分の感情は殺せる」

鈴木は静かに頼の目を見つめて告げた。顔の輪郭線を白い包帯に隠された頼は、目だけをきょろきょろと動かす。

鈴木がなにを言いたいのか、わかる気がするが、違うかもしれない。

「自分の感情って？」

以前なら訊かなかった。でも今は聞きたい。その言葉を。

「頼が好きだ、という感情」

鈴木はもう目を逸らさなかった。頼ももう逸らさない。

急激に体温が上がって傷がジンジン痛んだ。でも速くなる鼓動《こどう》を抑える術《すべ》はない。

「きみの上に資材が倒れて、姿が見えなくなって……生きた心地がしなかった。駆け寄って、払いのけた資材は意外に軽くてホッとしたけど、砕けたガラスが真っ赤に染まっていて、本当に……本当に……」

鈴木は自分の両手を広げて、その手のひらを見つめる。真っ赤に染まっていたであろう手の内にあったものを思い出して見つめる。

「とりあえず、生きてるよ」

頼はわざと軽い調子で言った。鈴木が小さく笑う。

「そう、生きてた。それだけでいいと思った。でも……顔にひどい傷を負った頼を見て、これで俺だけのものになるんじゃないかって、ちょっと思ったんだ。最低だろ？」

「うん、ひどいな」

そう返しながらも頼は笑っていた。傷の痛みは、辛いとか悲しいとかいう感情より、生きている喜びを頼にもたらした。

生きていてよかった。

役者以外の生き方なんて思いつきもしない。この先には絶望が待っているかもしれない。だけど今、目の前に、自分を必要としてくれている人がいる。彼のために、生きていてよかったと思う。

「頼をすごい役者にする、そのためならなんでもする、という建前を生きがいにしてきた。役に立つならそばにいてもいいだろうって、優秀なマネージャーであることが、きみのそばにいる免罪符だった」

「俺が役者じゃなくなったら、どうするんだ？」

期待している答えがある。問いかけた頼に、鈴木はすっかり肩の力を抜いた様子で答えた。

「なんでもいいから、そばにいさせてほしい。マネージャーがいらないなら、パートナーはどう？　きっと役に立つよ」

「パートナーなら役に立つとかじゃないだろ。マネージャー役が抜けてないな。……ていうかそれ、プロポーズに聞こえるんだけど？」

「そうだよ。男にプロポーズされるのは気持ち悪いだろうけど」

鈴木にしては察しが悪すぎやしないだろうか。それとも返事がわかっていて言っているのか。

「気持ち悪くはないが、気分は悪い」

「そうか、ごめん」

どうやらこのことに関してだけは、目が曇るらしい。押しが弱いというか、引きが早いというか。なにかの役を演じていない自分に自信がないのかもしれない。

頼だって顔が自信満々そうに見えるだけで、本当は自分に自信なんてない。特に人に愛されるということに関しては、自信なんてまったくない。

でも、鈴木なら信じられる。自分の信じたいことを信じて、たぶん間違いない。ずっとそばにいたから……

「男としては、プロポーズは自分からしたい。されるなんて気分が悪いんだよ。でもまだ付き合ってもいないわけだし、プロポーズは早すぎるよな。今のはナシにしてくれ」

「ん？　それはどういう……」

「鈴木さん、俺とお付き合いしてもらえませんか」

「……は？」

「は？　じゃねえよ。俺は付き合ってくれ、なんて自分から言ったの初めてなんだからな。

はい、喜んでって言えよ。それ以外は聞く耳持たない」

居丈高《いたけだか》に言うのはもちろん照れくさいからだ。それを見て鈴木はクスッと笑った。

「頼……順番をどうこう言うなら、もうひとつ、先に言うことがあるんじゃない？　俺のこと、どう思ってるの？」

「それは……付き合えって言ってるんだからわかるだろ」

「そこは一番大事なところだよ。ドラマなら肝《きも》だ。瞬間最高視聴率のところだ。男らしく、言うべきなんじゃない？　極上の顔で」

「おまえ、調子に乗って……。俺のいい顔は金がかかるんだよっ」

「俺だけのために、見せてくれないの？」

鈴木はことさら甘い声で言った。笑顔で返事を待っている。楽しそうに。意地悪そうに。

「思い出した。俺はおまえの本性を知らないんだ。それを見定めてからじゃないと始められない。付き合うのはそれからだな」

つい意地を張って、せっかく進んだものを戻してしまう。馬鹿げているとは自分でも思うが、どうも下手《したて》に出るということができない。

「わかった。じゃあ今から見せていくけど……俺の本性、かなり強引でしつこくて熱苦しいから。覚悟して」

ニヤリと笑う。その顔に嫌な予感がした。鈴木の本性はたぶん、いや絶対、たちが悪い。

顔の両側に手を突かれ、真上から見つめられる。照明が遮られて、暗くなった視界いっぱいに鈴木の顔。地味だけど、誰よりも素敵に見える。これが恋は盲目というやつなのか。

「きみを愛してるよ、頼」

瞬間最高視聴率を狙えそうな顔で言って、唇が降ってきた。唇を包み込まれ、あやされて、しつこく何度も愛される。

頼に逃げ場はなく、どうしようもないと言い訳しながら、ベッドの上でその唇を受け入れ続けた。

◇

人気俳優が顔を十針も縫う怪我をした事故は大騒動になった。

監督の責任問題だとか、映画の制作中止だとか、いろいろと取りざたされたが、桐島が自分のミスだと涙ながらに謝罪し、「先輩が精魂込めて演じた正宗を絶対みなさんに見てほしいんです」と訴えたことで、世論を味方につけた。映画は上映される方向で進んでいる。

「桐島のあの会見、台本書いたのおまえだろ」

「演出もした。なかなかの名演だっただろう？」

「どこがだよ、あんな三文芝居。しかもなんか、あれじゃあの映画が俺の遺作みたいだったぞ。死んでないっつーの」

頼の病室は個室で、テレビは見放題。ワイドショーをつければ、向井沢頼引退か⁉　みたいな見出しが躍っていた。

「映画はヒットしてほしいだろ？　話題作りだよ。せっかくだから利用しなくちゃ。恋愛スキャンダルをでっちあげるより効果大だ。それに、悲劇の主人公は大変な事態に陥るほど、復活すれば格好よさが増してファンが増える。いいことづくし」

「俺が復活できれば、な」

「できるよ。まあ俺としては、復活できなくてボロボロに傷ついた頼を、甘やかして俺なしじゃいられないようにして独占するっていう夢を実現させる方向でもいいんだけど」

「おまえが言うと冗談に聞こえない」

「ん？　俺は冗談なんて言ってないよ？」

「俺は復活する。その夢は捨てろ」

甘やかされるなんて冗談じゃない。

『大丈夫ですよ、頼くんは不死鳥のように戻ってきますよ。これが最後の映画です、の方が興行的にはいいんでしょうけどね』

テレビの中で内田が善良そうな笑顔を浮かべてそう言った。

それを見た鈴木が渋い顔になる。

内田は昨日見舞いに来たばかりだ。ずっと鈴木を見てニヤニヤ笑っていた。

「いやー、僕は鈴木くんのあの必死な顔に惚れそうだったよ。ぐったりした頼くんも素敵だった。あのシーンを軸に映画を撮りたいね。いやー美しかったなあ」

不謹慎《ふきんしん》なことを言うだけ言って、頼と鈴木の眉を顰めさせるだけ顰めさせて帰っていった。

「食えない人だ……」

特に鈴木はげっそりしていた。

「内田さんってさ、わりと鈴木のこと気に入ってたんだと思う。恋愛したいっていうより、暇潰しって感じで俺にちょっかい出して。鈴木の気持ちを感じて、わざと引っ掻き回してみたんじゃないかな。自分が雨になって地を固めてやろう、みたいな。内田さんはまだ奥さんのことを愛してるんだよ」

「まあ……そうかもな」

内田は去り際に、「時間は無限じゃないからね。無駄にしちゃいけないよ。いがみ合ったり、反発したりもスパイスだと思うけど、仲よくしないともったいない。それが最高に幸せな時間なんだから」と、言い残していった。

「あの人への嫉妬が引き金だったたし、そういう意味では感謝はしてるけど、やっぱり気に入らない。頼が気を許してるから」

「気を許してるっていったって、先輩とか兄とか、そんな感じだよ」

「そこも俺でいいだろ」

「はあ？　なに言ってんだか……。不満なのかよ、俺の恋人……に一番近い感じのポジションが」

鈴木の独占欲は正直気持ちがいいが、ちょっと度が過ぎているようにも思う。一番好きなのはおまえだと素直に言えば安心するのかもしれないが、それを言うのが頼には厳しい。

突っかかるようにごにょごにょと言えば、鈴木はおもむろに立ち上がった。そして、頼が着ている甚兵衛《じんべえ》タイプの病院着の襟元《えりもと》に、手を滑り込ませる。

「な、なにしてんだよっ！　おまえ……ぁっ……」

肩口の赤黒く変色しているところを触られて声が漏れる。

「痛い？」

ひどい怪我は顔の裂傷だけで、身体は鍛えていたおかげもあってか、打撲《だぼく》とちょっとした切り傷程度で済んだ。といっても、それは体中にあって、赤黒い大小の染みが全身に模様を描いているような状態だ。

「痛いに決まってるだろ」

そこまで痛くはなかったが、手つきがなんだかいやらしくて、赤くなるのをごまかすように言った。

「じゃあここは？」

「ひゃっ！」

反射的に変な声が出て、慌てて手を口に当てる。

鈴木が撫でたのは、胸の上に二つある元々色が違う部分のひとつ。柔らかいそこを撫でて、真ん中の硬い芯《しん》を探る。

「て、てめ……なにして……」

「痛いの？　それとも、感じた？」

頬を上気させた頼を鈴木はじっと見下ろす。

鈴木は頼の専属マネージャーに戻った。たまに仕事で出かけるものの、ほぼ付きっ切り。しかしここは病室なので、医師や看護師は出入りするし、見舞いの人もやってくる。二人っきりというのはそれほど多くなかった。

「か、感じたんじゃない。びっくりしただけだ。おまえこれ、セクハラだからな！」

手首を握って離させようとするが、手が胸板に吸いついたように離れない。

「退院するまでは我慢するつもりだったのに、可愛いこと言うから……」

「可愛い？　なにが可愛かったんだよ!?」

「恋人……に一番近いんだろ？」

「それは……あっ、や、……触んな！」

「触らないと相性はわからないよ？　恋人……になりたい俺としては、頼に気持ちよくなってもらわないと」

鈴木の指が立ち上がろうとしていた胸の粒を潰し、硬くなった粒の先を撫でる。

「な……ンッ……やめろ！」

窓にはカーテンが引かれている。入ってくる人はだいたいノックするが、不意打ちで入ってこないとも限らない。これでも人気俳優なのだ。この状況を見られてしまったら、なんと言い訳するつもりなのか。

いやそこは優秀なマネージャーがどうとでもするのだろう。

それよりもなによりも、自分の身体がヤバい。これ以上はまずい。女にここを触られても、こんなに感じなかった。いったいなにが違うのか。触り方か。鈴木の技か。

布団の下でばれないようにモゾモゾと腰を引く。

「ああ……勃《た》っちゃった？　反応よすぎじゃない？　でもしょうがないか……けっこう長く抜いてないよね？」

隠そうとしたことを無慈悲に暴露《ばくろ》され、なぜそんなことを知っているのかということを、断定的に問われる。

入院してからはもちろん、その前もだいぶ長いこと自分でもしていなかったのは事実だ。

禁欲しようと思っていたわけじゃなく、ただそっちに意識が向いていなかっただけ。撮影中にはよくあることだ。性欲は人並みにあるつもりなのだが、簡単に疎かになる。

「うるさいな、そんなの放っとけよ」

抜いてないなんてことまで管理されるいわれはない。

「放っとくわけないだろう？　全力でつけ込むよ。頼の寝顔、本当に可愛くて、触りたくてウズウズしてたんだから」

胸にあった右手が下へと移動する。

「さ、触るなって言ってんだろ！　そういうことは退院してからにしろ」

布団の下に潜り込んで股間《こかん》に触れようとする手を必死で阻止する。しかし、身体を動かせばあちこち痛んで、うまく力が入らない。

「触っちゃ駄目だと思ってた時は、いくらでも我慢できたんだけどね。触ってもいいと思ったら、五年分の我慢がドッときちゃって……なかなかブレーキがかからない」

「俺は、触っていいなんて言ってない！」

「退院したら、いいんだ？」

「そ、それは、まあ……」

そこは譲歩する。とにかく病院で破廉恥《はれんち》なマネはできない。そういう教育は受けてない。

「わかった。じゃあ退院したら存分に触らせてもらうとして、今はとりあえず……抜いてあげる」

「は⁉　け、けっこうだよ！」

「でもそのままじゃ辛いだろ？」

「自分でやるから……出ていけ」

それくらいは病院内でも許されるだろう。

「そんなの聞いて、出ていくわけないよね。僕はマネージャーだし、怪我してるタレントの世話は、下《しも》の方まで業務の範囲内。任せて」

「そんな業務はねえよ！」

掛布団を自分の股間に押しつけて逃げを打つが、鈴木は身を乗り出して手を潜らせる。ニヤニヤ笑っている顔のどこがマネージャーなのか。業務なのか。

とうとうその手に股間を摑まれ、頼は身体を震わせた。

「ま、待って……待て、手、動かすなっ……」

股間を逃がすことに意識を集中させていたら、はだけた胸元にぬるりとした感触が走った。

鈴木が顔を伏せ、唇で美味《おい》しそうに乳首を吸い上げる。

「なん……ぁ、あっ」

なんだこれは。びっくりするほど感じた。こんなに感じるなんて……。

「いいね、やっぱり頼はどんな顔してても最高にいいよ。敏感だし。本当……もっといろんな顔をさせたい。早く退院して」

「ざっけんな、てめ……俺は……ぁッ……」

眉根を寄せて鈴木を睨めば、嬉しそうな笑顔に受け止められた。嫌がる顔すら嬉しそうに見つめ、もっと嫌がれとばかりに手を動かす。

「この……悪魔！　やめ……はぁ……ぁ、あっ、あ……」

「そのまま感じて……イッていいよ」

悪魔は耳元に甘く囁いた。背筋がゾクゾクッとしてそのままイッてしまいそうになる。いやもういっそイッてしまえば早く逃げられたのに、無駄な男のプライドがそれを阻止した。

「それ、おまえの本性？　……演技？」

気を逸らそうと訊ねる。

「さあ、どうかな」

楽しそうなのが悔しい。こっちばっかり切羽詰まっている。

「頼には全部見せるから、頼も全部見せて」

「俺は、もう、隠してること、なんて……っ」

もっと見せろと秘所を擦られ、身体の中の奔流《ほんりゅう》が出口を求める。

男に擦られて感じている自分を、みっともないと思う自分がいる。いいように手玉に取られて悔しいという気持ちもある。

でも、触られて嬉しいと思っている自分もいて、慣れているふうなのが悔しいとも思っている。意に反することを強要されて、受け入れている自分は初めてかもしれない。

ここでなければきっともっと乱れていた。たぶん、求めてしまっていた。

「頼……」

指が頼の弱いところに触れ、身体をビクッと強張らせた途端、脇腹に鋭い痛みが走る。

「——痛っ！」

眉を寄せ、脇腹を手で押さえる。打撲といっても軽傷ばかりではない。

「頼⁉　大丈夫？」

鈴木の表情が一瞬で変わった。手を止めて心配そうに頼の顔を覗き込む。

それに向かって頼はニッと笑ってみせた。

「は、引っかかった。冗談だよ。おまえが調子に乗るから、痛いふりをしてみただけ……」

あくまでも軽く言ったつもりだった。

どこが痛い、辛い、なんてことを頼は一度も言っていない。先への不安も口にしていない。

そういうことは言ってはいけないと思っているし、言いたくなかった。

「頼……それ、演技なら絶対ＮＧだよ。下手くそ。脂汗《あぶらあせ》浮いてるし……。痛いなら痛いって言っていい。俺の前で我慢するな」

「我慢じゃない」

「ああ、強がりか……。弱音を吐かないきみも好きだけど、全部見せてって言っただろ？」

「見せてる。こんなとこで男に触られて感じてるみっともない俺を……怪我が痛んでもおまえのしたいようにしてほしいなんて、馬鹿みたいなことを考えてる俺を。これでもいっぱいいっぱいだ。もう……早くイかせろ」

恥ずかしい。今まであまり自分の本当の気持ちを口に出してこなかった。伝える必要を感じなかった。

鈴木なら言わなくてもわかってくれるかもしれない。けど、たぶん、この部分は無理だ。絶対察してなんてくれない。

「頼……頼！」

ベッドから背が浮く。ギュッと強く、しかし慎重に抱きしめられた。

どれだけの想いで言ったのか、察してくれる鈴木が好きだ。言いたいことは伝わったようでよかった。

片腕で首を抱き寄せられ、口づけを交す。片手は頼の命令通り、早くイかせるべく動きはじめた。

「早く退院して、頼。俺はもう……どこまで我慢できるかわからないよ」

そう言いながら、どこか痛くない？　と何度も訊く。

「ん……あ、で、出る……ティッシュ……」

鈴木の肩口に顔を埋《うず》め、服を摑んで指示を出す。ベッドには出したくない。そういうことが気になって仕方ない。

先端をティッシュに包まれて、安心してその中に放つ。詰めていた息を吐き出せば、

「やっぱり早く退院して」

鈴木は苦笑いで言って、キスをした。

着衣の乱れを整えられ、布団を掛けられれば、いかがわしいことをしていた形跡は消える。鈴木に窓を開けて空気の入れ換えをするよう命じた。

「頼は本当……いい子だね」

鈴木はやや呆《あき》れたように言う。

「いい子じゃない。道義心があるだけだ」

「はいはい。早く怪我を治して、心置きなく野獣になろうな」

布団の胸の上に手を置き、ポンポンと叩く。まるで母親が子供を寝かしつけるように。

母よりも大きな手。感じる重みは大したことないが、その重みが生む安心感は大きかった。遠い昔、こうされたことがあった気がする。いや、恵がされていたのを見ていただけだろうか。

父とも母とも壁があって、甘えたという記憶がない。朝から祖父と竹刀《しない》で打ち込み稽古をして、正座して朝の挨拶をする息子《むすこ》を、両親は扱いあぐねていた。父は身体が弱く、祖父の

扱きからは早々にリタイヤして、その分も祖父は孫に期待をかけていた。

祖父の期待に完璧に応《こた》えれば応えるほど両親との距離は開いていった。

恵が生まれて、みんなに甘やかされて、普通の親子関係というものを目の前で見せつけられて、余計に意固地になった。自分はそういう甘ったれた関係は欲していないとこっちから拒絶した。

だから甘え方はわからないまま。でも今、確かに甘やかされている。

受け入れ方がわからないから目を閉じた。

さっきまで乳首にイタズラしていた手は、今やまるで聖母のごとく安心だけを頼に与えてくれる。子守歌は聞こえなかったが、あっという間に深く穏やかな眠りについていた。


本当はもっと早く退院してもよかったのだが、通院が面倒だったのと、ついでにいろいろ検査してもらったのと、包帯を巻いた顔を写真に撮られたくなかったのと、その他の諸々《もろもろ》の事情により入院させてもらっていた。

今日、抜糸したら退院する。

傷痕《きずあと》はどのように、どのくらい残るのか。医師はわからないくらいきれいになると言っていたが、実際に見るまで安心できなかった。傷痕の具合によっては今後、役をかなり制限されることになるだろう。

それでも役者を辞めるつもりは今のところなかった。

「頼なら大丈夫。男っぷりが上がるだけだよ」

「まあそうだろうな」

弱音は吐かない。弱気なところは見せない。それは変わらない。

こめかみから頬にかけて十針。五、六センチほどの傷痕。

「いやー、男だとわりと雑だったりするんだけどね、俳優さんだっていうから一番腕のいい形成の医師が丁寧に縫ったんだよ。うん、きれいなもんだ」

その言葉通り、まだ腫れが残っているものの、それでもすごく気になるというほどではなかった。触れば凹凸《おうとつ》があったし、まだ若干の痛みもある。

「もう少し箔《はく》がついてもよかったんですけど。ありがとうございます」

頼は営業スマイルで礼を言った。

「男前だねえ。今度映画見るよ。頑張って」

医師は頼の肩をポンポンと叩いた。

くれぐれも紫外線に当てないようガードして。今からテープ貼るけど、これは自然に剝《は》がれるから……などという注意事項は鈴木が請け負った。それは確実に守られるだろう。

「よかった。全然問題ないよ」

鈴木は傷をそっと触る。くすぐったくて手を払いのけた。

「傷口、写メに撮って桐島に送ってやって。すごく気にしてたから。退院祝いに焼肉奢れって書いといて」

「はいはい」

桐島は何度か見舞いに来て、その都度奴隷を志願して、頼に拒否されていた。

「兄さん！」

病室を出ていこうとしたところに恵がやってきた。

「なんでおまえが……。教えたのか？　鈴木」

問われた鈴木は首を横に振った。

「俺が調べた。恵のためにな。簡単なことだ」

「暇かよ、社長」

恵と柏木は相変わらずラブラブのようだ。心配するのも馬鹿らしいほど。

「兄さん、退院おめでとう。よかった。元気で」

泣きそうな顔をして頼の顔をじっと見つめる。傷痕のことなどなにも訊かない。恵にとってそんなことはどうでもいいことなのだろう。最愛の男が隣にいるのだから、優しくもない兄のことなど放っておけばいいものを。

頼は恵の頭をポンポンと叩いた。「ありがとう」と「心配するな」の気持ちを込めて。

それは、兄が弟にするには特に珍しい行為でもなかったが、頼が恵にするにはものすごく珍しい、おそらく初めての兄っぽい行為だった。

鈴木も柏木も驚いた顔をして、恵にいたっては固まっている。

「帰るぞ」

急に恥ずかしくなって先に立って歩き出す。

恵にはどうしても優しくできなかった。素直になれなかった。でも今、ごく自然に手が出ていた。やってみれば簡単なことで、それだけで恵は今まで見た中で一番幸せそうな顔をした。柏木がこちらを睨みつけてくるほど。

自分を雁字搦《がんじがら》めにしていた意地の塊《かたまり》のようなものが消えているのに気づく。

たぶん鈴木のおかげだ。布団の上から胸に手を置き、寝かしつけてくれた。たったそれだけのことで子供の頃からガチガチに固まっていた意地が溶けてしまった。

意地を張れば張るほど、自分も周囲も苦しくなって、いいことなどひとつもない。それがわかっていても解けないのが意地だったはずなのだが。

密かに退院するつもりだったのに、病院関係者が集まってきて、患者も何事かと集まってきて、ちょっとしたパニック状態の中を鈴木に護られて脱出した。

「久しぶりにマネージャーらしい仕事をした」

アイドルではないのでそんなに熱狂的ファンに囲まれるということはないのだが、人の多いところにロケに行けば、それなりに囲まれる。

「よかったな、俺もまだ人気があるみたいで」

車に乗り込み、窓を開けて手など振ってみる。キャーと言われて悪い気はしなかった。

「よかったなって、他人事《ひとごと》か？」

「俺は仕事ができればそれでいい。でも人気がないと仕事を取ってくるのは大変だろう？」

「なるほど。ちなみに頼、高校生の時に自分のファンクラブがあったって知ってるか？」

鈴木が変なことを訊いてくる。

「ファンクラブ？　なんだ、それ」

「だろうな。いや、いい」

クスクス笑って車を走らせる。

恵は柏木に拉致《らち》されるようにして帰っていった。ニコニコと幸せそうに。ブンブン大きく手を振って。

マンションに着いて、荷物を持って鈴木も一緒に部屋に上がる。エレベーターの箱の中、二十階分の時間にキスをされた。

「こんなところでしなくても、すぐ部屋だろ」

「頼のそういう顔が見たいのかもな」

「悪趣味だ。防犯カメラの画像でスキャンダルになるかもしれないぞ?」

内田とのスキャンダルをあれだけ警戒していたくせに、自分に甘すぎるだろう。

「心配いらないよ、揉み消すから」

こともなげに言われる。

「そういえば……おまえなんか変な噂あるらしいけど。俺のためなら身体を張るとか。色仕掛けで仕事を取るとか」

「誰がそんなことを……」

鈴木の幸せそうだった顔が一気に渋くなった。

「でまかせか?」

「まあ……色仕掛けで仕事を取ったことはない。ということは断言できる」

少しだけホッとした。そこは一番信じたかったところだ。

「俺のために身体を張ったことはある、わけか」

「俺が勝手にしたことだ。気にしなくていい」

「気になるに決まってるだろう。詳しく部屋で聞かせてもらおうか」

面倒なことになった、という顔で鈴木は溜息をついた。

荷物を置いて、鈴木は勝手にキッチンで紅茶を入れはじめ、頼はリビングのソファに座っておとなしく待つ。きっとどう言うべきか考えているのだろう。その時間くらいは与えてやる。

久しぶりの自宅のソファだった。伸びをして、背もたれに身体を預ける。

身体の怪我はもうほとんど痛まない。痣《あざ》はいろんなところにまだ残っているが、湿布を貼るほどではなく、抜糸した頬にはテープが貼ってある。その上から大きめのガーゼを当てているが、帰ったら外していいと言われた。

早速ガーゼを外して、テープの上から傷痕に触れる。

「痛む？」

心配そうに問われて、

「いや、まったく」

と返す。本当に痛くないのだが、あまり信用していない顔だ。

テーブルにティーカップが置かれ、紅茶の香りが立ちのぼる。前に鈴木が紅茶を入れてくれたのは、確かキスされた日だった。なんだかずい分前のことのような気がする。

退院したら……という約束を、鈴木は今日履行するつもりだったのかもしれない。頼もそれなりに覚悟はしていた。だからこの状況はそういう流れになることを回避するために意図したものではない。

頼はストライプのシャツに薄いセーター、綿パンというラフな格好だが、鈴木は今日もスーツ。その上着を脱いで、頼の横に座った。

鈴木が上着を脱ぐのは珍しく、横に座られたこともあまりなくて、違和感にドキドキする。

「で、なにが訊きたいの？　別にきみのために身体を張ったっていっても、若いアイドルじゃないんだし、悲劇的だったり犠牲的だったりっていう話じゃないよ。ギブアンドテイク。大人の駆け引きだ。それが汚いって言われたら、返す言葉もないけど」

「俺に黙ってやってたってことが気に入らない」

「そんなの、言うわけないだろ。勝手にやったことだ。頼が知る必要はない」

「でも、俺のためなんだろ？」

「頼のためといっても、それは俺のためでもあるよ。一蓮托生《いちれんたくしょう》なんだから」

ティーカップに手を伸ばし、紅茶を一口飲んで気を落ち着かせる。

「……なにをしたんだ？　身体って……抱いたり、抱かれたりってこと？」

「それ、聞きたいか？　聞いたってなにもいいことないぞ」

鈴木の嫌そうな顔が、意に沿わぬことをしたと言っている。言いたくないのだろう。

「まあ、あんまり詳細に聞きたいわけじゃないけど……自分の尻拭《しりぬぐ》いをしてもらって、それを知らずにのうのうとしてたなんて、俺は恥ずかしいんだよ」

「頼は律儀っていうか真面目《まじめ》っていうか。……そういうの、なあなあで終わらせてくれた方がこっちは助かるんだけど。頼に他の誰かを抱いたとかそういうの、やっぱ知られたくないし。潔癖ぶりたいわけじゃなくて、きみが好きだから」

突然そんな単語が出てきてビクッとする。横を見れば、鈴木は不機嫌そうだった。

「わかった。じゃあ、過去のことは詳しく聞かない。けど、これからは絶対そういうことはしないって誓ってくれ。たとえ俺がどんなピンチに陥ることになっても」

鈴木が好きだから嫌だというなら、こっちだって同じだ。自分のために誰かと……なんてしてほしくない。

「わかった。しない。頼のことは抱けないって、諦めていたからこそ、そういうことも平然とできた。でもきみを抱く手で、他の男だの女だのは抱けない」

しないという返事に、よしよしとうなずいたのだが、その後が引っかかった。

「……ちょっと待て。俺を、抱く？」

「退院したらいいって言ったよな？」

違うとは言わせないとばかりに腕が巻き付いてきた。

「言ったけど、え？　俺が抱かれる方なの？」

「え？　まさか俺を抱く気だったのか？　こないだあんなに可愛く抱かれてたのに？」

互いに驚いた顔で顔を見合う。

「抱かれてって、こないだのあれは抜いてもらっただけだろ。それは、女にもしてもらったことあるし……」

「う……今、イラッとした」

いきなり鈴木の声が低くなって戸惑う。

「な、なんにだよ」

「あの女優か、あのモデルかって、頼が抜いてもらう画が浮かんで……」

「なんだよ、自分だっていろいろ、抜いてもらったことあるんだろ⁉」

どうやら鈴木は男も女もいけるようだから、自分よりもその人数は確実に多いはずだ。ムッと言い返せば、鈴木は微妙に目を逸らした。

「まあそこは言い合っても不毛だな……。どっちが抱くかって問題はまあ、男同士なんだから、話し合いで決めるしかないけど……。年齢と経験の差から言わせてもらう。頼は絶対、愛される方がいい」

「な⁉　それは俺が女っぽいってことか⁉」

「違うよ。格好いいって見惚れることはあっても、女っぽいなんて一度も思ったことがない。ただ……そうだな、頼が納得しやすいところで言うなら、頼は男を抱いたことないだろう？抱き方、わかる？　女とは違うぞ？」

「そ、それは……教えてくれれば」

「教えてやるよ、実地で。だから抱かれろ」

そう言って鈴木はにっこり笑った。

「お、俺が……俺が……」

男に抱かれるのか、女役なのかと苦悩している横で、鈴木がボソッと呟いた。

「そもそも女を抱くのだってうまそうじゃないし……」

「なんか言ったか？」

「いや、なにも。とにかく今日のところは、まだ身体も万全じゃないわけだし。ご奉仕されておけばいいいんじゃないか？」

今日やるということは確定されているらしい。それはいいのだが、抱く抱かれるという問題を深く考えていなかった。自分が抱かれる側だとは思ってもいなかったのだ。

「なんか、腑に落ちない……納得いかない……」

「大丈夫。すぐ腑に落ちるから。年長者の言うことは聞いておきなさい」

「急に歳上ぶるなよ。年寄りは寝てればいいいんじゃないか？　俺が抱いてやるから」

ニッと笑って言ってみる。女ならこれでイチコロの笑顔だ。

「わー、イラッとした、格好よくて。この俺を抱いてくれようっていう気持ちはありがたいけどね。いや本当に嬉しいんだけどね……気持ちだけでいいよ」

のしかかってこられて、思わず引いてしまった。その一瞬でポジションが決まる。

上から余裕ありげな鈴木が近づいてきて、見上げて引き気味の頬は、ただその唇を受け止めるしかなかった。

舌を受け入れろとノックされ、おずおずと唇を開く。深く交わるキスは初めてではないけれど、これは完全なるプライベート。見せ方ややり方なんて考える必要はない。

自分なりに応えてみれば、鈴木はどんどん激しくなる。前でも充分濃厚だったが、さらにしつこく遠慮がなかった。

唾液《だえき》がしっかり交わって、互いが互いに浸食されていく。他人ではなくなっていく感覚。

「頼……俺は奇跡だと思ってるんだ。もう本当に、してあげたいばっかりで……ごめんね、抱かれてあげる余裕が、ないんだ」

「な、なんだよそれ」

身体をまさぐられる。セーターの中に潜った手が、シャツの上から乳首の辺りをなぞる。膝《ひざ》の間に鈴木の膝が割り込んできて、波状攻撃に頼は防戦一方になった。反応はしても、反撃する余裕はない。

「ベッドに行こう。ここじゃ狭い」

「その前に、せめてシャワーを……」

「悪いけど、その余裕もないよ」

鈴木は熱いものを擦りつけてくる。熱い心臓を押し当てられたように感じて、頼の心臓もバクバクと脈打つ。

「いや、でもだって、俺は病院の風呂に入ったの一昨日《おととい》で……」

「大丈夫、頼はきれいだから」

「は？　そんなわけないだろ」

「いいからおいで」

強引に手を引かれて寝室へと連行される。振りほどいて逃げることは可能だった。そんなに強く摑まれているわけじゃないし、単純に力比べなら勝てるだろう。

でもなぜか従っていた。それが心地よかった。

いつも自分で決めて、自分で道を切り開いて、自分の足で歩いてきた。誰かを頼ろうなんて思わなかったし、手を引かれれば反発しか感じなかった。

鈴木を頼る、と自分で決める。抱かれるという行為には違和感を覚えずにいられないけど、鈴木に身を委ねてみる。他の誰にも絶対に許さないけど、鈴木になら……。

「匂うとか言うなよ」

頼はベッドの前で立ち止まり、自らセーターを脱いだ。

「いい匂いだとは言うかもしれないけど」

鈴木はシャツだけになった頼を抱きしめ、首筋に顔を埋めて匂いを嗅《か》ぐ。そんなことをされても、恥ずかしいけど怒る気にはなれなかった。

「もう……好きにしろ」

力を抜いた。

「ありがとう、頼。きみを愛せるなんて、俺はすごく……幸せだよ」

言うことは下からなのに、やることは支配的で有無を言わさない。頼の背中に指を這わせ、首筋に齧《かじ》りつくようにして舌を這わせる。

「あ、あんまり舐めるな……くすぐったいから」

「それは頼が感じやすい証拠だ」

「は？」

自分が感じやすいなんて言われる立場になるとは思いもしなかった。反応のいい女を抱くのは楽しいが、自分が楽しまれる側になるなんて……。居たたまれないやら恥ずかしいやらで逃げ出したい。

でも今さら逃げるなんてできない。プライドの問題もあるが、身体がもう止まらない。触られたがっている。鈴木に、もっと触れてほしい。そんなことを思う自分が恥ずかしいけど、欲求は切実だ。

鈴木が眼鏡を外し、鼓動がまた速くなった。急に男の顔になる。

鈴木が冴《さ》えない眼鏡を掛け始めたのは、マネージャーになってからだった。マネージャーに徹するための役作りだったのだろう。その仮装を解いていく。ネクタイを緩め、熱い視線を頼に当てたまま上半身裸になると、マネージャーの顔が完全に消えた。

見慣れない鈴木を直視できず、頼は視線を泳がせて、同じように上を全部脱いだ。

抱きしめられて肌と肌が触れ合い、ベッドに倒れ込んで背中にシーツの冷たさを感じる。

「ちゃんとシーツは洗っておいたよ」

「優秀なマネージャーで……」

「違うな。シーツを替えている時はマネージャーじゃなかった。きみを抱きたい、早く抱きたいって焦る、ただの男だった」

レンズ越しではない鋭い眼差《まなざ》し。頼の頬の傷に目を止め、手で優しく包み込む。

「他の奴がつけた傷を、きみがずっと背負っていくなんて……」

まるで自分の失敗であるかのように、悔しそうに言う。テープ越しの口づけに、頼は思わずフッと笑ってしまった。

「この傷は俺がつけた傷だ。わけのわからない嫉妬するなよ」

怪我を名誉だと言う気はないが、落ちてくる資材の下に飛び込んだ自分の判断を間違いだったとは思っていない。

「そうか……そうだな」

鈴木がフッと笑って、頼もようやく少し落ち着いた。

今の自分たちはマネージャーとタレントではない。ただ互いを欲している者同士。なにかを演じる必要も、隠す必要もない。ありのままを見せていい相手だ。

キスを交し、しっかりと抱き合う。満たされながら、飢《う》えを感じる。

もっと、もっとと……互いを欲して身体中で相手に触れようとする。

鈴木は頼の身体を指でなぞり、首筋から鎖骨へと唇を這わせた。

艶やかな肌、張りのある筋肉。頼は鈴木よりも逞《たくま》しいと自負していたが、実際にはそれほど大きな差異はなかった。艶はさすがに、若く鍛えている頼の方に分があるけれど。

頼が仕事のために身体を鍛えている時、鈴木は事務仕事や折衝などすることはいくらでもあると言ってそばにいなかった。

まさかそこに身体の接待みたいなものが含まれていたのだろうか。

「遊び人だって噂も……聞いたっけ」

ボソッと呟けば、鈴木の動きがピクッと止まった。少し恨《うら》めしそうな顔が頼に向けられる。

「遊んでいた時期がなかったとは言わないけど……。でもだから今、きみを抱いて感じさせる自信がある。そのための修業だったと思ってるよ」

「うわ……遊び人の言い訳だな」

茶化すように言えば、鈴木はムッとして胸の粒に唇をつけた。舐め転がして、キュッと吸い上げる。

「んンッ――」

鈴木は無言で遊び人の言い訳を実践しはじめる。

乳首なんて本当に無駄な飾りだと思っていたのに、鈴木に弄られてなにか回路が接続されたのか、異常に感じるようになってしまった。

これが修業の成果なのか。いったい何人くらいがこの手で……なんて、考えてもしょうがないことが浮かんで、感じれば感じるほどモヤモヤした。

これはつまらない嫉妬だ。誰だって過去があって今がある。自分だってそうだ。

ただ自分の経験は、鈴木に対して活かせそうにない。

「胸、もうやめ……ン、クッ……」

左右の乳首をふやけるほど舐められ、弄り回されて、これまで抱いたどんな女より自分が感じてしまっている気がした。声が溢《あふ》れるたび、自己嫌悪に陥る。

「なぜ？　すごく……感じてるのに」

「なんか、女みたいだ、から……」

「女だけが感じるところじゃない。頼は男だとか女だとかいう意識が強いけど、感じるかどうかは個人差だ。俺は頼が感じるところを可愛がりたい。だから、ここも……」

鈴木の手が頼のパンツの前を開け、男の部分に触れる。

「もうすごく硬くて……立派だ。力強くて男らしい。ここも、感じるだろう？」

外に引きずり出したそれを手の中に包み込み、緩く強く扱く。その指に甘い媚薬《びやく》でも塗り込まれているんじゃないかというように、擦られるほど敏感になっていく。

「は……あっ……ん、んっ……」

すごく感じる。気持ちいい。

でも、自分がなにか違うものに作りかえられていくようで、抗《あらが》わずにいられなかった。

「そこも、もういや……」

「いやじゃないだろう？　とことん、可愛がってあげるよ。我慢しないで、全部見せてくれるって約束だったよね？」

「嫌だ……こんなの、俺じゃない……俺はこんな……あ、いや……っ」

鈴木よりでかいような形《ナリ》で、抱かれて、感じて……みっともない。こんなのは違う。見せたくない。見られたくない。

抱かれている自分の姿なんて見せられたものではない。

「やっぱり、代われ、俺が……抱く」

鈴木のことは好きだ。ずっとそばにいたい。欲しい。求められたい。

でも自分との整合性が取れない。

「ふむ……。頼はどうも俯瞰《ふかん》してしまうのかな。こういう時は外からの視線なんて意識しなくていいんだよ。役者の悲しい性《さが》、かな」

俯瞰する。第三者の目でシーンを見下ろし、判断する。

抱かれている自分の姿を許容できない。あちこちに打撲痕のある身体は、男としては悪くないが、それが抱かれる引きの画は無様としか言いようがない。男同士という点ですでに無様でしかないけど、自分が抱く方なら、まだ……。

「しょうがないな……。もうちょっとだけ我慢してて。わからなくしてあげるから」

鈴木は口の端を引き上げ、苦悩する頼を見下ろした。

この画は悪くない。が、自分から見る仰角のワンカットだけ。

頼の雄々《おお》しい竿《さお》の先を、鈴木の舌がチロチロと舐めはじめる。口全体で包み込んでは吸い上げ、裏の筋を指で撫でて、反対の手を伸ばして乳首を抓《つま》む。

「ひぁ、あ、……待っ……や、いや……」

耳の裏、太ももの内側、頼の感じるところを暴いては責め立て、翻弄する。

「んぁ……あ、あぁ……」

いやらしい水音。気づけば一糸まとわぬ姿になって、大きく脚を広げていた。

外から自分を見ていた意識が、自分の内側の奔流を追いかけ、現実の視界すらあやふやになっていく。

見えるのは、鈴木の眼差し。自分を見つめる黒い瞳。

「頼……きみはどこも素敵で、愛されるに相応《ふさわ》しい。俺の目を信じて……。永久保存したいくらい美しい画だから」

シーツの上、全裸で腰をうねらせ、潤んだ目で鈴木を見上げる。

頼は鈴木の目だけを見つめていた。嬉しそうに頼の身体を見下ろした後、近づいてきて、近すぎて見えなくなった。

目を閉じて、唇と唇、舌と舌、触れ合い混じり合う感覚だけを追いかける。

「鈴木……もっと……」

その背を抱きしめて、密着し、擦りつける。

「頼……」

頭を抱かれ、耳たぶを甘噛みされて、頼は鈴木の身体をなおさらきつく抱きしめた。

安心する。ドキドキする。

鈴木の肩を抱いたまま、頼は自分の手を口に、拳を噛んで、ちゅうちゅうと吸い上げる。

無意識の幼児退行。

「頼……頼、ああもう……」

耳元でその音を聞いた鈴木は、辛抱できないとばかりに、その拳を奪って吸い上げた。代わりに自分の指を頼の口の中に入れて、吸わせる。

指は頼に吸われながらも、口蓋《こうがい》の感じるところを撫で、閉じられない口から、

「ンぁ、あはぁ……ぁン」

と、鼻にかかる甘ったれた声を溢れさせた。

くねらせた腰に鈴木の腰が擦りつけられ、頼は極まった声を上げる。

「誰にも、見せない。絶対……この頼は俺だけのだ」

それを聞いて、頼は緩く微笑んだ。嬉しい……それだけ。

「鈴木……もっとしてくれ。もっと……おまえを……」

欲しい、欲しい……欲求はそればかりだった。呪縛も意地も消え、鈴木がしてくれることだけを求める。

「ああ、なんでもしてやる。可愛い頼……言って。なにが欲しい？」

具体的ななにかは思い浮かばない。鈴木の手が乳首を弄ると、

「胸……」

気持ちいいからもっとしてほしくなる。

「あ、あ、……下、もっ……」

ジンジンする股間もどうにかしてほしかった。

「口がいい？　手？」

答えるまで触れてくれない。限界を訴えて硬くそそり立つものを鈴木は嬉しそうに眺《なが》めている。

「口……」

なんでもよかった。ちょっと触られればイケる。

しかし鈴木は口の先で先っぽを啄《ついば》み、緩慢に舐めるだけ。それではイケない。

「いや、もっと……もっと深く、吸って」

「どんなふうに？　やってみせて」

鈴木はさも当然のことのように言って身体を起こした。頼はむくりと起き上がり、鈴木を押し倒して、その股間へと唇を寄せる。ぺろりと舐めて、抵抗もなく口に含んだ。

「ンッ……ッ」

鈴木の口から思わずというふうに声が漏れた。眉根を寄せて頬張る頼を上から見つめる。

「これは……たまんね……」

息が荒くなる。頼はもちろん男のものを口にするのは初めてで、うまいわけはないが、鈴木にされたことを忠実にまねていた。模倣は演技の基本。頼は憑依型《ひょういがた》の天才肌で、上達は速い。

「気持ちいい、か？」

頼は硬くギンギンに勃ち上がった鈴木のものを手に、問いかける。

見上げる目はとろんと常にない色気を放っていた。

「ああ。頼ほど教えがいのある教え子はいないよ」

鈴木は手を伸ばし、頼の濡れた口の端を親指で拭ってやる。頼が嬉しそうにフッと笑って、
鈴木の目の色が変わる。

「もう……限界だ」

もう一度体勢を入れ替え、鈴木が覆《おお》い被さる。頼の脚を大きく開かせ、その真ん中の同じように限界を訴えているものを片手で掴み、反対の手をその後ろへと伸ばした。引き締まっ

た尻の谷間、すぼまった菊門を揉みしだく。

「あ……ん……鈴木、それは……」

頼の眉間に深い皺が寄る。陶酔が解けそうになる。それでも鈴木は止まらなかった。

「頼、少しだけ、我慢して……きみと繋がりたいんだ」

顔が近づいて熱く囁かれた。拒否しても止まらないに違いない。

頼は鈴木の瞳を見つめてうなずいた。初めてだからこその恐怖と期待。鈴木を信じると決めたからには、とことん信じる。

鈴木の手がベッドサイドに伸びて引き出しの中からボトルを取り出した。自分の部屋にあるのに見慣れないもの。とろりとした液体を手に取り、それを頼の尻へ、すぼまりの奥へと入れる。

「な、あ……なに、気持ち悪……んんっ、や、だ……」

腰をうねらせて嫌がれば、鈴木の出し入れする指の動きがなおさら激しくなった。

「悪い。初舞台よりもっと、余裕ない」

鈴木の余裕のない顔は珍しい。それを見て頼はちょっと自慢げな顔をする。

「俺……初舞台、わりと、ヨユーだった」

「は？　フフ……きみはオロオロするわりに、直前になると腹が決まるよね……」

鈴木は微笑みながら言う。でも、指の動きは止めない。

「ん。……腹、決まった。いつでも……来い」

怖くて逃げ出したくても、絶対に逃げない。いつだって独りで立ち向かって、乗り越えてきた。乗り越えたら褒めてもらえた。

苦しみの向こうに快感があると知ってる。

孤独の向こうにある喝采《かっさい》、達成感……。でもそこでも独りだった。

「頼。きみについていくよ。食らいついて離さない。天の高みへも、地獄の底までも……独りには、しない」

「ずっと一緒？　俺だけ？」

「ああ、俺は頼の専属だ」

嬉しくなってフワッと笑えば、その途端にひどい圧迫感に苦しめられる。ずるりと切り開いて入っていく。経験したことのない、入れられる側の恐怖に戦《おのの》く。

これを越えれば、本当に快感が待っているのか？　痛苦しいばかりじゃないのか？

いや、信じると決めたから……。

「頼、大丈夫か？」

「大丈夫……じゃ、ねえ」

本音も、弱音も、できるだけ出していく方向で。

「大丈夫そうだな」

なぜか鈴木はそう言ってニヤッと笑った。

「は？　……っ！　あ、あぁ……んっ」

グッと一気に入ってきて、息が詰まる。

絶対わざとだ。弱音を吐いてもスルーされるなら、思いっきり吐いてやる。

「い、痛、いって……馬鹿、もっとゆっくり……っ」

「ごめんな」

鈴木はにっこり笑って抗う身体をギュッと抱きしめ、思うさま突き上げた。普段は甘やかすくせに、肝心《かんじん》なところで甘くない。詐欺《さぎ》だ。

「いあ、んっ……ん、ぁ……」

ひどくされてよくなってきた、なんて……身体も騙《だま》されてる。

騙されて、でもそれで気持ちいいなら、いいのか。信じたのが間違いじゃなかったということなのか。

「は、ん……すずき、すずきぃ……もっと……」

甘ったれた声が出た。

騙されてもいい。嘘も真剣につけば本当になるのだ。

虚構の世界を本気で生きて、現実世界に戻れば虚無しかなかったけど……。

どこまでもずっと、一緒にいてくれる人を見つけた。どんな自分でも愛してくれる人。たったひとり、自分を一番にしてくれる人。

「頼……きみの中に、受け入れて」

「ん、ぅん……うん……」

激しさが増せば、快感が奥から生まれてきた。やっぱり、信じて頑張れば、苦しみの向こうにご褒美がある。

「頼、出る……出すよ、きみの中に」

鈴木が決して見せてくれなかったプライベートの、一番深いところを見る。一番近いところにいる。

自分を見下ろしてくる顔は、悩ましくも攻撃的で、艶っぽい表情の見本のようだけど、意識して作られたものではない。

冷静な男の熱すぎる想い。こじ開けて中に入ってきて、頼の体の奥深くにそれは吐き出される。

ギュッと強く抱きしめられて、受け止めた頼もいつの間にか放っていた。

「……ん、あっ、あ、ぁ……」

痺《しび》れて、震えが走って、そして一気に力が抜けた。放心状態で鈴木の瞳を探す。

それは焦点を結ぶギリギリのところまで近づいてきて、甘く自分だけを見つめていた。

「もう一回……」

その瞳に向かって、無意識に口走っていた。

目の前の瞳がハッと見開かれ、その瞬間に我に返る。今自分は……なにを言った？

慌てて撤回しようとしたが、チュッと口を塞《ふさ》がれる。

「確かに承りました」

ニヤリと鈴木の楽しげな嬉しそうな顔。

「いや、えっと……」

頬が痛いとか疲れたとか、逃げを打つ言葉はいろいろと思い浮かんだけれど。

「前言撤回、する？」

優しげな顔と声で問いかけてくる。わざとだ。そういう訊き方をされれば頬がどう答えるか、よくわかっている。

「二言はない」

のせられているとわかっていても、逃げる言葉はどうしても口に出せなかった。

とりあえず、身体で確かめられる愛はとことん確かめた。体力の続く限り。途中で顔の傷の具合を気にかけたりしながら、それでも止まらなくて突っ走った。

寝て、起きたら外はもう明るく、カーテンの隙間から漏れる光はかなり強かった。

隣に鈴木がいない。それに落胆と不満を覚える。今までそんなこと考えたこともなかったのに。

起き上がってリビングに行くと、ダイニングテーブルの上に食事が置いてあるのが見えた。ということは、鈴木は出かけたのか。

頼が休んでいるからといって、鈴木も休みというわけではない。頼の仕事の調整はなんとかなったようだが、その皺寄せで滞っている業務もあり、桐島に新しく付いたマネージャーの指導も鈴木の仕事らしかった。

テーブルについて、サンドイッチをつまみ、スープを飲む。サンドイッチは買ってきたものだろう。スープは手作りか。いや別に手作りでなくてもいいのだが。

付き合う相手に家庭的なものを求めたことはない。そもそもあまり長続きするとは考えていなかった。もてる、けど、長続きがしないことを頼は当然と考えていた。

顔で好きになって、ちょっと付き合って満足する。もしくは嫌になる。だから自然消滅やふられることが多い。

好きになった理由が顔なら、それも仕方ないことだ。他になにか人に好かれるようなものを自分は持っていない。顔だけでずっと好きでいられるというのなら、それは筋金入りの面食いだろう。

鈴木は自分のなにを好きになったのか。たぶん顔ではない。五年もそばにいたのだ。顔はもう見飽きただろう。それとも鈴木は筋金入り、なのか……。

「頼、起きてたんだ？　急に呼び出されて……。本当はきみが起きた時に隣にいたかったんだけど」

「別にそんなのはいい」

隣にいなかったのが不満だった、なんて思ったことは知られたくない。

「俺がいたかったんだよ」

鈴木はそう言って微笑み、頬に触れる。テープの上からどうやら凹凸を探っているようだ。

「病院に寄ってちょっと訊いてみたんだ。動かしたり汗を掻いたりしたら傷口にどう影響するか。そんなに激しく動く場所じゃないから、傷口が開くということはまずないだろうって。血も出てないし……特に問題はないみたいだね。無理させちゃって、ごめん」

「別に無理なんてしてないし。傷もそんなに気にしてない。痕が残ったら、その時考える」

労《いたわ》られるのはなんだかくすぐったい。護られるという立場に慣れなくて、つい素っ気ない物言いになってしまう。

「その時にね。まあ今はいろいろ技術も進歩してるし、どうとでもなるかな。仕事が減ったら減ったで、敏腕マネージャーの腕の見せどころだし」

鈴木が頼の素っ気なさを気にしている様子はなかった。

「食事はそれで足りる？　なにか作ろうか」

「いや、いい」

サンドイッチの最後の一切れを食べる。鈴木はバッグから缶コーヒーを取り出した。頼が好きな銘柄のやつだ。向かいの椅子に座って、食べて飲む頼をニコニコと見ている。

マネージャーの時と違うのは、その露骨に機嫌のいい表情だけ。

「おまえ……俺のどこを好きになったんだ？」

訊いてみる。鈴木は少しキョトンとした。

「ん？　ありていに、全部って答えでいいのかな」

「全部ってなんだよ。鈴木が好きになるところなんて、俺にあるか？　こういう顔がすっごい好みとか？　身体か？」

「頼って自分の魅力はそれだけだと思ってる？」

「え、じゃあ……演技力？」

「そこは自信あるんだ？　まあ惚れるほどの演技力かっていうと、まだまだだけどね」

「おまえ今、なにげにひどいこと言ったぞ、マネージャーのくせに」

ムッとすれば鈴木は笑って、そして少し真面目な顔になった。

「頼はもっと、傲《おご》っていいと思うよ。俺は愛されて当然だ、くらいに。なにか女性に余程ひどいことを言われたことがあるの？　つまらない男、とか」

「そんなのはない。トラウマになるほど深く付き合ってもいないし、つまらないと言われてもたぶん、そうだろうなと思っただろうし」

キスが下手みたいなことは言われたが、それもすっかり忘れていた程度のことだ。

「なるほどね……。そういえば、自分は人に好かれないみたいなこと、言ってたっけ」

「そうだよ。俺はなにをやってもわりと優秀だけど、人に好かれる才能だけはない。それに鈴木に対しては、五つも歳下で役者としても後輩なのに、おまえとか言って、呼び捨てで、上からで、生意気で……惚れるところなんてどこにある？」

改めて自分でもひどいと思う。なぜこんな態度をスルーできるのか。あまつさえ好きになれるのか。

「一応気にしてたんだ？　呼び捨てとか口のきき方とか、そんなのは些細《ささい》なことだ。顔や身体はそりゃ一級品だけど、それも俺にとってはどうでもいい。生意気なのは時々ムッとするけど、憎めないっていうか、癖《くせ》になるっていうか……」

なぜか嬉しそうな鈴木を見てハッとする。

「おまえ、そういう嗜好《しこう》の人なのか。いじめられるのが好きとか、奴隷願望とか、そういう若干特殊な方向の……」

ゴクリと唾《つば》を飲む。虐《しいた》げられて喜ぶ感じの人なのか？

「頼……。特殊な性癖がまったくないとは言わないが、そういうことじゃない。生意気なのを許容できるのは、頼だからだよ。それが頼の甘えだと思うから許せるんだ。いじめられてるとは思ってない、甘えられてると思ってる」

しばし、言葉の意味を考える。

「甘え……てないぞ！　俺は、俺が偉いんだっていうことを知らしめて、足蹴《あしげ》にしてストレス発散しても、マネージャーだからいいだろう、みたいなそういう嫌な感じの……」

しどろもどろに言い訳する。それもまったく褒められた理由ではないが、甘えてるなどと言われるよりはマシだった。

「マネージャーだからっていうのはそうなんだろうけど……。でも最初は敬語で、気を遣ってる感じがあった。頼は仲よくなっても目上の人にはそんな感じだよね。それがだんだん馴染んできて、口のきき方が横柄になっていって……俺は嬉しかったよ。なんて可愛い生きものなんだって思ってた。恵くんなら共感してくれると思うなあ」

「恵!?　恵が俺を可愛いと思ってるって!?　冗談だろ」

「まあ少なくとも俺は思ってるよ。頼には人に好かれる才能がある。それがない人間なんていないと思うけど、頼は人よりそれがある。俺がどれだけ細心の注意を払って、きみに害虫を寄せ付けないようにしてきたか……」

鈴木は重くて深い溜息をついた。

「害虫？　あ、おまえさ、俺に気がある感じの子に妙に優しくしたりしてたよな⁉　あれって……」

「頼は悪い女とか、面倒なことになりそうな女とかの見分けがまったくできてないから。マネージャーとして、穏便に遠ざけてみただけだ」

「穏便にって……。それってつまり、その気になれば自分の方がもてるんだぜ、ってことだろ」

「きみはなにもしなくてももてるんだよ」

「そりゃ、この顔だからな」

「自分の顔への絶対の自信、嫌いじゃないけどね。内田さんは俺がいなければ本気で口説《くど》きにかかってたと思うし、桐島だって今や、先輩先輩って無駄に懐きまくってる。他にも劇団の奴とかいろいろ……。きみは顔だけでも身体だけでもない。知れば知るほど魅力的で、だから本当は、誰にも本当の頼を知ってほしくない。抱いたら余計にそう思ったよ」

直接的な言葉に頼は赤くなった。鈴木の独占欲は嬉しいけど気恥ずかしい。

「それは、惚れた欲目ってやつだ。おまえがちょっと変わってるんだ」

「それならそれでいい。誰もきみを好きにならないなら俺は万々歳《ばんばんざい》だ。本当はその傷だって、ちょっとひどい感じになってくれればって思わなくもなかった」

そのわりに、病院まで行ってひどくならないか確認してくる。それはたぶん頼が役者という仕事を好きだと知ってるから。エゴよりも頼の望みを尊重してくれる。そして鈴木自身も演じる頼のことが好きだから、だろう。

「俺が役者じゃなくなったら、一番悲しむのはたぶん鈴木だよ。芝居や演劇が大好きで、演じるのも嘘の世界を作るのも大好きで、関わっていたいんだから」

「それはそうだけど、俺はそれ以上に頼が大好きなんだよ。でも、頼が俺を喜ばせるためにも演技を頑張ってるんだって聞いた時は、嬉しかったなあ……」

鈴木がニヤニヤする。頼は眉を寄せ、記憶を探る。まったく身に覚えがない。

「俺がいつそんなことを⁉　言ってないし、思ってない！」

「酔っ払って言ったらしいぞ、内田さんに。鈴木の喜ぶ顔が見たいんだーって」

「い、言ってない！　もし言ったとしたら、そんなのは心にもないことだから喜ぶな！」

酔って潰れた日か。よもやそんなことを口走っていたとは。恥ずかしすぎる。

「そんな真っ赤になって否定しなくても。本当、可愛いな……俺は今から抱きたいんだけど、いい？」

「いいわけないだろ。真っ昼間からなに言ってるんだ」

「今日呼び出された代わりに、明日と明後日《あさって》の休みをもぎ取ってきた。だからまあ……急がないけど、覚悟はしといて。自分がどれだけ可愛くて愛される人間なのか、じっくり教えてあげるから」

「そんなのはいい。もうわかったから」

「へえ、わかったの？　自分が可愛いって？」

「そ、それはわからなくていいんだよ！　てか、可愛くないし！」

「自覚がないのが一番駄目なんだよ。やっぱりわからせないと……」

「ああもう、なんだよ！　俺は断じて可愛いなんて認めない。なにをされても認めない！」

「ふーん。それはそれは」

癇癪《かんしゃく》を起こした頬を見て、鈴木がものすごく楽しげに笑った。

ものすごく嫌な予感がする。

鈴木は自分には甘い。けど、甘くない。演技派だがやはり演出家向きなのだ。どう演じれば、どう人の心が動くのかよくわかっている。ただ、自分の想いが強すぎれば演じられなくなり、相手を想いすぎれば見通す目が鈍る。

相手の想いを手に入れた鈴木は最強なのかもしれない。が、むざむざと負ける気はない。

「あんまりしつこいと嫌になるかも……」

ボソッと呟くと鈴木の笑みが翳った。

演技力では負けない。しかし実生活での嘘は下手で、たぶんすぐにボロが出る。

「俺は可愛くないけど愛されてる。それで手を打てよ」

自ら譲歩案を出した。自分のことを可愛いとか可愛くないとか、議論するのも嫌なのだ。

「しょうがないね。どうやったって俺はきみには勝てないんだ。甘やかしたくて仕方ないんだから」

甘い笑みはたぶん演技でも嫌がらせでもない。そう思ってしまう自分が恥ずかしい。

「嘘だ。鈴木のは甘やかすふりだ。実際はちっとも甘くない。スパルタだ」

「そう思ってるならそうしてあげる。きみは仕込みがいのある生徒だから。まだまだいろいろと、教えられることがありそうで、俺は嬉しいよ」

立ち上がって近づいてきた鈴木は、座る頼を背後から抱きしめて、その胸元に手を滑り込ませた。

「な、なにを教える気だよ……」

「まあいろいろと」

成長するのは嫌じゃない。いやらしいことも嫌いじゃない。でもそんなのは本当はどうでもよくて、ただただずっとそばにいてほしい。ずっと見ていてほしい。それだけだ。

「じゃあ……あ、愛し方とか、愛され方とか、教えろよ」

これでも頼なりに精一杯の甘い言葉を吐いたつもりだった。言った途端に顔が火照《ほて》って、鈴木が背後でよかった、と思ったのだけど。

「んー、それは却下」

うなじに口づけて鈴木はそう言った。

「な、なんでだよ⁉」

人が恥ずかしいのを堪えて口にした言葉をあっさり拒否するとは……。通じなかったのか？　いきなりスパルタなのか？

「そんなの必要ないから。頼はそのままでいい。迂闊になにか言ったら、無駄に頑張りそうだし。どんな頼でも俺に愛されるのは間違いないよ。愛されてるのは今充分、このうなじから伝わってきた」

「うなじ？」

「真っ赤で可愛いってことは教えてあげようか」

「な……」

首を両手で押さえてうつむけば、胸を探る鈴木の手が忙《せわ》しなくなる。

「やっぱり夜までは我慢できそうにない。頼が可愛いから」

「言うなって言ってんだろ……クソ……コロスぞ」

「いいよ。一緒に地獄の底まで落ちようか」

脅迫も甘い言葉に変えられて、どうやったって勝てそうにないと頼は全身の力を抜いた。

負けるのが心地いいなんて言ったら、祖父はどんな顔をするだろう。今この状況を見たら卒倒するに違いないけど。改める気にはなれない。

今なら地獄にだって新婚旅行気分で行けそうだ。どこででも笑っていられたら、それが最強の人間だろう。

振り向いて、ネクタイのノットを摑んで引き寄せた。眼鏡の奥からも甘さを垂れ流している瞳を間近に見て、告げる。

「まずは墓参りに、一緒に行ってくれ」

プロポーズの言葉だけは自分から言うことができた。わかりにくい上にムードもない言葉だが、たぶんまた顔は赤くなってしまっている。

「了解。今からベッドに一緒に行ってくれたら、俺の一生をきみに捧げるよ」

「安いな」

笑い合えば契約成立。ベッドまでの数メートルで、頼は生涯の共演者を手に入れた。

あとがき

こんにちは、李丘那岐です。この度は「甘くない嘘をきみと」お買い上げいただき誠にありがとうございます。この本は「甘い恋の手ざわり」という本とちょっぴりリンクしております。でも本当にちょっとですので、読んでなくてもわかります。が、革フェチで、兄にゾンビ呼ばわりされている弟の話も読んでいただけると嬉しいです。弟は綺麗系で、兄は格好いい系。どちらも水名瀬雅良先生がばっちりイラストに起こしてくださってます。先生に地味系を描かせるなんてもったいないと思ったんですが、地味系までも素敵に描いていただきました。ありがたい。なのに私、またしても地獄の進行をさせてしまいました。本当に本当にすみませんでした。各位に感謝感謝でございます。いつも優しい担当様。たまには「この能なし遅筆野郎が！」と罵ってもいいんですよ。それを喜ぶ属性はないので心置きなく。でも今、担当様の声で再生したらちょっと胸がときめ……いてません。鈴木の気持ちがちょっとわかるなとか思ってません。鈴木もその属性はないって言ってたけど。甘くない嘘は甘い本当。素顔と演技。面倒くさい二人でしたがくっついたら甘いばっかりかな。あ、財布のその後が気になった方がいたらすみません。頁数的に入れられず。本編には直接関係ない話ですがいつか書けたらいいな。枚数がキチキチだったのはこのあとがきを見ていただければ明らかかと。こんなギチギチを最後まで読んでいただきありがとうございました。シーユー！

二〇一四年末の少し前　書くのは遅いくせに枚数はかさばる作家……　李丘那岐

✦初出　甘くない嘘をきみと……………書き下ろし

李丘那岐先生、水名瀬雅良先生へのお便り、本作品に関するご意見、ご感想などは
〒151-0051 東京都渋谷区千駄ヶ谷 4-9-7
幻冬舎コミックス　ルチル文庫「甘くない嘘をきみと」係まで。

幻冬舎ルチル文庫

甘くない嘘をきみと

2014年12月20日　第1刷発行

✦著者	李丘那岐　りおか なぎ
✦発行人	伊藤嘉彦
✦発行元	株式会社 幻冬舎コミックス 〒151-0051 東京都渋谷区千駄ヶ谷 4-9-7 電話 03(5411)6431［編集］
✦発売元	株式会社 幻冬舎 〒151-0051 東京都渋谷区千駄ヶ谷 4-9-7 電話 03(5411)6222［営業］ 振替 00120-8-767643
✦印刷・製本所	中央精版印刷株式会社

✦検印廃止

ISBN978-4-344-83317-3　C0193　Printed in Japan